LES DRAGONS DE LHAM

DU MÊME AUTEUR
CHEZ LE MÊME ÉDITEUR

N° 1 : LA HACHE DE BRONZE
N° 2 : LES GUERRIERS DE JADE
N° 3 : LES AMAZONES DE THARN
N° 4 : LES ESCLAVES DE SARMA
N° 5 : LE LIBÉRATEUR DE JEDD
N° 6 : LE MAUSOLÉE MALÉFIQUE
N° 7 : LA PERLE DE PATMOS
N° 8 : LES SAVANTS DE SELENA
N° 9 : LA PRÊTRESSE DES SERPENTS
N° 10 : LE MAÎTRE DES GLACES
N° 11 : LA PRINCESSE DE ZUNGA
N° 12 : LE DESTRIER DORÉ
N° 13 : LES TEMPLES D'AYOCAN
N° 14 : LES RÊVEURS DE XURA
N° 15 : LA TOUR DES DEUX SAGESSES
N° 16 : LES MERS DE CRISTAL
N° 17 : LES CHASSERESSES DE BREGA
N° 18 : L'ÉCHIQUIER VIVANT DU HONGSHU
N° 19 : LES RAVAGEURS DE THARN
N° 20 : LES BARBARES DE SCADOR
N° 21 : LES CONSACRÉS DE KANO
N° 22 : L'EAU DORMEUSE DE DRAAD
N° 23 : LES CINQ ROYAUMES DE SARAM
N° 24 : LES DRAGONS D'ANGLOR
N° 25 : LA TRIBU ROUGE DES KARGOIS
N° 26 : LES ANDROÏDES DE MAK'LOH
N° 27 : LA COURTISANE DE DAHAURA
N° 28 : LE MAGICIEN DE RENTORO
N° 29 : LE TYRAN DE TARGA
N° 30 : LE MALÉFICE DU NGAA
N° 31 : LES GLADIATEURS DE HAPANU
N° 32 : LES RÉVOLTÉS DE MYTHOR
N° 33 : LA FORÊT CARNIVORE DE JAGHD
N° 34 : LES DESCENDANTS DES MAÎTRES DU CIEL
N° 35 : LES SEPT DUCHÉS DU FLEUVE CRAMOISI
N° 36 : LA VENGEANCE DU MAÎTRE DU CIEL
N° 37 : LA CAVERNE DE L'IDOLE

N° 38 : LES AÉRIENS DE K'TAR
N° 39 : LES DIEUX DE LA MORT LENTE
N° 40 : LES MANGEURS D'HOMMES D'ILETROIS
N° 41 : LES CHEVALIERS-DRAGONS DE KHARM
N° 42 : LES ADORATEURS DE SCHUBBA
N° 43 : L'EMPEREUR DE WORAD
N° 44 : LES HORDES DU GRAND OCÉAN
N° 45 : LES LÉGIONS DE KHORUM
N° 46 : L'ÉMERAUDE DE JOKKUN
N° 47 : LES DEUX REINES DE DRAKKO
N° 48 : LES ZOMBIES DE VIKKA
N° 49 : L'AMBASSADRICE DES KHUNS
N° 50 : LE PROPHÈTE FOU DE DRYDEN
N° 51 : LE FIEF DE CIPANG'HO
N° 52 : LES PRÊTRES-ROIS DE TARKOS
N° 53 : LES BERSERKERS DU PAYS-ROUGE
N° 54 : LES HORDES DE PIERRE
N° 55 : L'ENVOYÉ DE MICTAN
N° 56 : LE COMBAT DES MAGICIENS
N° 57 : LE COMPLOT DES SIN'KAS
N° 58 : LES SÉQUESTRÉS DE RHIVA
N° 59 : LE TRAITÉ DU JEHOL
N° 60 : LES CYCLOPES DU DIEU SERPENT
N° 61 : LE GRAND MAÎTRE DE VIE
N° 62 : LA DIMENSION APOCALYPSE
N° 63 : LA CITÉ DES FEMMES-CLONES
N° 64 : LA REINE DES OMBRES
N° 65 : LE CENTAURE D'ABYSSIA
N° 66 : L'ARBRE SACRÉ DE SERENDEH
N° 67 : LE SAGE DE GERONYA
N° 68 : LE ROYAUME DE FÉLICITÉ
N° 69 : LE TEMPS DU RÊVE
N° 70 : LA RÉSURRECTION DE KAAH
N° 71 : LE SOMMEIL D'AMNESIAH
N° 72 : L'ENFER D'APOKALYS
N° 73 : L'OISEAU DE PAIX
N° 74 : LA CITÉ D'IVOIRE
N° 75 : LE FEU D'ODYSSIAH
N° 76 : LES RAPACES DE VESTA
N° 77 : LES ESCLAVES DU DIEU OLOS

N° 78 : LA FAUCHEUSE D'ÂMES
N° 79 : LE SANCTUAIRE DE DAGON
N° 80 : LA CITADELLE DE LA NUIT
N° 81 : LA LUMIÈRE DE KREST
N° 82 : LE SANG DU DIEU BLANC
N° 83 : L'ARCHIPEL DE LA SALAMANDRE
N° 84 : LA VIERGE DES GLACES
N° 85 : LES SEIGNEURS DES TÉNÈBRES
N° 86 : L'EMPIRE DES ÉCAILLES
N° 87 : LES CONJURÉS DE LA FLAMME ROUGE
N° 88 : LA MONTAGNE DU CIEL
N° 89 : LES GUERRIERS NOIRS D'YSLIS
N° 90 : LE DÉMON NOIR DE CIPHANG
N° 91 : LA CONSPIRATION DES MARTYRS
N° 92 : L'IMMORTEL DE PANGEA
N° 93 : LE TRAITÉ D'ARTIS
N° 94 : LES NEIGES DE L'APOCALYPSE
N° 95 : L'ÉVADÉ DE BRANNAG
N° 96 : LES RÉVOLTÉS DU ROI DU MONDE
N° 97 : LE RÉGENT DE CORONA
N° 98 : LA HORDE NOIRE
N° 99 : LE SOLEIL SOUS LA LUNE
N° 100 : LA FAVORITE D'ALDERAN
N° 101 : L'ARMÉE DES SANS-TERRE
N° 102 : LES CAVERNES DE PLA-ATON
N° 103 : LA RELIQUE D'EGON FINN
N° 104 : LE SOUFFLE DE LA GOULE
N° 105 : LA CITÉ DES YEUX-NOIRS
N° 106 : LE COMPLOT DU MASQUE
N° 107 : LE RÉVEIL DES PRAWNIKS
N° 108 : UGRAL-LE-SAGE
N° 109 : LES MARAUDEURS DE GARTH
N° 110 : LA RÉSURRECTION DU ROI MÉOG
N° 111 : LA LAME DU MAUDIT

JEFFREY LORD

BLADE

LES DRAGONS DE LHAM

Adapté de l'américain
par Yves CHERAQUI

VAUVENARGUES

Illustration de couverture : LORIS

ISBN : 2-7443-0035-7

ISSN 0395-7780

CHAPITRE PREMIER

En cette douce matinée d'été finissant, Richard Blade se sentait l'âme légère. C'est à Ronald Crichton qu'il le devait, un collègue « assis » des Services Secrets de sa Gracieuse Majesté. Ce spécialiste de la traque informatique avait eu quelques jours plus tôt la bonne idée de le provoquer en duel, en s'octroyant dans la foulée le choix des armes ; le club et la balle de golf. Après avoir d'abord voulu se dérober, Blade releva le défi. Sa dernière mission remontant à plus d'un mois, une partie de golf viendrait agréablement aérer la semi-routine de l'entraînement quotidien.

Ronald, rouquin maniaque d'une quarantaine d'années au corps en ballon de rugby et à la moustache asservie, avait appris le golf sur un jeu électronique interactif. Après plusieurs mois d'entraînement dans son bureau du Chiffre, il était parvenu à virtuellement battre, sur leurs terrains favoris, tous les grands noms de la petite balle blanche, dont certains même qui n'étaient plus de ce monde. Passé ensuite à la pratique dans son jardin, puis à la compétition, il avait très vite acquis une bien réelle et solide réputation de champion en perdant par la même occasion un peu de son embonpoint. Quelques noms cependant manquaient encore à son palmarès, dont celui de Richard Blade.

La rencontre avait eu lieu de bonne heure, à une vingtaine de miles de Londres, sur l'un des plus beaux parcours du monde, désert à cette heure-là, l'Inland de Wentworth. Chacun de ses dix-huit trous s'enfonce dans un merveilleux paysage, particulièrement reposant pour l'esprit, fait de forêts d'arbres centenaires, de vieux pins et de buissons aux couleurs pastel.

Maintenant confortablement installé dans un des luxueux fauteuils de vieux cuir du *clubhouse*, Blade savourait, en même temps que sa victoire, l'amertume légèrement caramélisée d'une voluptueuse bière écossaise. Tout s'était joué dès le quatrième trou, lorsque Ronald avait eu un yip, ce mouvement brusque et incontrôlé causé par la peur au moment de frapper la balle. Le malheureux n'avait jamais réussi à combler son retard. Finalement, malgré un très bon score de soixante-dix, Ronald avait perdu de trois points.

— Allons, ne fais pas cette tête-là, le consola Blade en reposant son bock. J'ai eu de la chance, voilà tout. Et puis il n'y avait aucun témoin. Ça restera entre nous…

Le regard vague et la lèvre tressautante, son adversaire dépité survolait la partie perdue. Blade aussi avait à présent l'esprit ailleurs. Une nouvelle raison d'apprécier cette journée se dirigeait droit vers eux.

Sans quitter des yeux cette apparition aussi brune que sa bière et toute de blanc vêtue, Blade se pencha légèrement vers son voisin.

— Regarde plutôt la merveilleuse créature que le destin nous envoie.

Sous son large pantalon de coton à revers et un léger chemisier au col interminable, se devinaient une poitrine à la fois discrète et provocante, des courbes légères, délicates. Une énergie sereine transpirait de ses mouvements, accentuée par la douceur de ses traits et l'adolescente fraîcheur de son sourire.

Ronald Crichton leva la tête. Son visage reprit lentement vie, puis soudain s'illumina. Le sourire refleurissant, il bondit de son fauteuil.

Blade se leva à son tour. Dans la connaissance des femmes, son expérience était celle de plusieurs vies. Mais chaque nouvelle rencontre, sur ce monde ou en d'autres dimensions, déclenchait toujours les mêmes élans, avec la même force et la même évidence.

— Janet ! Quelle délicieuse surprise ! s'exclama Ronald de son ton le plus jovial.

La jeune femme tendit le bras. Aussitôt, Ronald Crichton se plia pour un baisemain empressé avant de l'inviter à se joindre à eux.

— Vous manquez à tous vos devoirs, Ronald, fit la jeune femme délicatement courroucée. Vous ne nous avez pas présentés.

— Janet Klingsman, s'exécuta Crichton, plus raide que s'il venait d'avaler son putter. La meilleure avocate de Londres.

Puis il désigna Blade d'un geste nerveux, comme pour couper le trait d'union invisible qui lui passait sous le nez. Sur ce terrain Ronald savait n'avoir aucune chance.

— Richard Blade, un collègue de travail.

« Quel travail ? » se demanda Blade. Dans quel mensonge allait-il encore devoir monter en marche ? De la part d'un esprit aussi peu simple que celui de Crichton, le pire était à craindre.

Lorsqu'il saisit à son tour la main de la jeune avocate, le contact, électrisant, clarifia définitivement tous les non-dits passés et à venir.

— Vous êtes donc aussi dans les assurances, dit-elle le plus naturellement du monde en s'asseyant. Je vous aurais plutôt imaginé une activité disons... plus remuante.

Ronald, qui n'avait pas précisément le profil de l'homme d'action, prit ce retour de manivelle en pleine moustache. Ses généreuses poignées d'amour, auxquelles il rêvait sans doute de voir la belle Janet se cramponner, eurent un soubresaut. Il se forgea une grimace détendue, puis s'apprêtait à prendre la parole, lorsque Blade le devança :

— Vous avez l'imagination perspicace. En fait, je ne suis pas dans les bureaux, comme notre ami commun, mais détective. Mon travail consiste à traquer et confondre les fraudeurs, escrocs et autres criminels indéfendables.

— Nous n'avons pas vraiment les mêmes clients, rectifia la jeune femme amusée. Je suis avocate d'affaires, spécialisée dans les arts et le spectacle.

Ces milieux ne sont pas épargnés par la cupidité, loin de là, mais je n'ai encore jamais côtoyé de grands criminels.

— Quel dommage que vous ne soyez pas arrivée plus tôt, fit Ronald, juste pour rappeler sa présence.

Janet Klingsman les fixa tour à tour, d'un regard à faire perdre son bâton à un esquimau.

— Oh non ! Vous n'allez pas déjà me quitter. Je devais retrouver des amis, et ils viennent d'appeler pour me dire qu'ils ne seront pas là avant une heure !

— Personnellement, j'ai tout mon temps, mais Ronald doit impérativement rentrer à Londres, intervint Blade, lui coupant l'herbe sous le club. D'ailleurs, si tu ne te dépêches pas, ajouta-t-il vers son infortuné collègue, tu risques même d'être en retard.

Le voyant blêmir, Blade lui prit amicalement l'avant-bras.

— Et je compte sur toi pour m'accorder une seconde chance, le plus tôt possible. Tu sais combien j'ai horreur de perdre.

Visiblement peu dupe et déjà complice, Janet s'étonna.

— Ronald est trop fort, renchérit-il. Il a réussi un score exceptionnel. Soixante-sept ! À un point du record du club !

Amadoué par le mensonge flatteur de Blade, Ronald joua un instant les champions modestes, puis vérifia l'heure de la pendule à sa montre, et prit congé.

Un court silence gêné suivit son départ.

— Si nous allions...

— Pourquoi ne pas...

Ils avaient parlé en même temps. Elle en rit, la tête légèrement renversée. Puis il y eut ce doux moment d'observation silencieuse dont Blade ne s'aventurait que très rarement à rompre le charme.

— Nous pourrions porter un toast au progrès avant d'entamer notre parcours, proposa Janet.

— Avec plaisir, réagit Blade. Mais pourquoi au progrès ?

— Parce qu'il n'y a pas si longtemps que cela, les femmes ne pouvaient jouer qu'entre elles. Et seulement en fin de journée, ajouta-t-elle espiègle.

Blade lui sourit, en ayant une pensée reconnaissante pour le plus grand des hasards, et Ronald Crichton son instrument.

*

* *

Passé derrière elle, il lui enlaça la taille en lui effleurant le dos, et prit ses deux mains dans les siennes. Janet se révélait une élève des plus douées.

— Ce qu'il faut, c'est sentir toutes les parties du corps engagées, murmura Blade près de son oreille. Les autres ne doivent que suivre. Alors laissez-les faire. Et surtout n'oubliez pas de plier les bras sur la fin. Légèrement, comme ça...

Il l'aidait à corriger son topsin, un coup avec effet dans le sens de la trajectoire qui allonge la course de la balle après le rebond. Janet avait un bon swing, mais ne possédait aucune des frappes plus sophistiquées.

Elle se laissa aller contre lui, en ondulant légèrement. Blade ne pouvait plus, ne voulait plus, lui cacher la vigueur de son désir. Il l'attira d'un bras ferme, souleva délicatement ses cheveux et déposa, au creux du cou, une chapelet de baisers légers comme des papillons.

Janet eut un moment de faiblesse puis elle lâcha son club, se retourna, lui prit la nuque à deux mains et colla fougueusement ses lèvres sur les siennes.

Plusieurs longues secondes plus tard, la doucereuse mélodie d'un portable vint perturber leur étreinte.

— Ah non, se lamenta la jeune avocate. Pas maintenant ! Tant pis, je ne réponds pas. De toute façon, ces appareils ne fonctionnent que quand ça leur chante !

— J'ai bien peur, s'excusa Blade en lui caressant les cheveux, qu'il ne s'agisse pas de votre portable, mais du mien.

La sonnerie retentit une troisième fois.

— Je suis navré, s'excusa-t-il.

— Et moi donc !

Blade sortit le boîtier de l'étui fixé à sa ceinture, et s'écarta d'un pas pour prendre la communication. Les bras croisés, Janet lui tournait le dos et faisait mine de bouder.

— J, se présenta son interlocuteur.

Les craintes de Blade étaient confirmées. Toujours dite sur le même ton subtilement désolé, cette seule initiale suffisait à balayer tous ses projets, à envoyer tous ses plans sur une orbite d'attente.

— Quand ? demanda Blade, se doutant déjà de la réponse.

— Le plus tôt possible. Pourquoi voulez-vous que cela change ? Où êtes-vous ?

— À deux pas du château de Windsor, au club de golf de Wentworth.

— Mais que diable faites-vous là-bas ?

— Que croyez-vous que l'on puisse faire sur un terrain de golf ?

— Très bien. Alors excusez-vous auprès de la charmante personne qui vous accompagne et venez sans tarder. Nous vous attendons... disons vers treize heures. Ce qui vous laisse largement le temps d'éviter de passer pour un rustre.

Sous ses allures plutôt austères de vieux gentleman-farmer, J cachait une vivacité d'esprit à l'épreuve du temps. Blade sourit. Nul ne le connaissait mieux que son patron. Au fil des années une réelle sympathie s'était tissée entre les deux hommes. Très vite, J avait compris qu'il tenait en Blade un de ses meilleurs éléments, sinon le meilleur. Lui, de son côté, avait appris à tirer le maximum d'un potentiel déjà largement hors du commun.

Et puis il y avait eu le projet DX, les voyages vers les dimensions inconnues. Un projet fou sur lequel comptait la vieille Albion pour être la première puissance à entrer en contact avec d'autres mondes. Elle espérait ainsi redorer son blason et, pourquoi pas, retrouver un jour par ces chemins nouveaux gloire et prospérité.

Ni J ni Blade n'oublieraient jamais le regard échangé avant la première translation, un regard ému et chaleureux, chargé d'appréhension, qui avait à jamais scellé leur amitié. Car le risque alors était de taille. La plupart des agents partis avant lui n'étaient tout simplement pas revenus. Et nul ne pouvait dire s'ils étaient morts ou toujours vivants, perdus sur une des innombrables terres des univers parallèles. Officiellement, ils avaient disparu.

Quant aux autres, les rescapés, aucun n'était réapparu entier. Tous avaient perdu la raison en chemin ou de l'autre côté du monde, en des lieux qu'ils étaient seuls à connaître, où probablement personne ne retournerait jamais. Certains de ceux-là aussi avaient été portés disparus.

Blade fut le premier homme à pouvoir supporter et surmonter toutes les épreuves d'un aussi fantastique voyage. Le premier homme aussi à l'esprit gorgé de souvenirs d'un ailleurs absolu.

Il fut aussi le dernier, ce qui n'était pas sans contrarier Lord Leighton, la tête pensante du projet DX. Ce mathématicien de génie, qui avait ouvert à l'homme les portes de l'infini, était incapable de comprendre pourquoi seul Blade pouvait les franchir. Inconsciemment, Lord Leighton en vint à éprouver à son égard un sentiment mélangé. S'il lui en voulait d'être la preuve ambulante de ses limites, il était aussi fasciné par le mystère qu'il incarnait. De même, l'infirmité du savant, cloué dans un fauteuil roulant par une maladie osseuse, le faisait parfois lever vers son cobaye au corps puissant et harmonieux un regard à la fois hautain et fasciné.

— Alors..., fit la jeune avocate. J'ai cru comprendre que vous allez devoir me quitter.

— Janet, commença Blade en la prenant par les épaules. Je vous promets de faire mon possible pour revenir avant la fin de la partie avec vos amis. Ensuite je serai tout à vous. Et nous passerons la soirée ensemble ? Qu'en dites-vous ?

Blade prenait un risque. Il avait tablé sur le fait que jusqu'à présent ses séjours dans les autres dimensions n'avaient jamais duré bien longtemps. Qu'il ait passé une semaine, un mois ou un an dans ses mondes d'accueil, il était toujours resté moins d'une heure, en temps réel, absent du laboratoire où avait lieu le transfert. C'était là d'ailleurs l'aspect de ses missions qui le séduisait le plus, pouvoir sans vieillir, ni en ressentir aucune fatigue, accumuler plus d'expériences et connaître plus d'aventures que n'importe qui sur cette terre. Cette fois, si tout se passait bien, il serait de retour à Wentworth avant quinze heures.

— Eh bien, filez... Qu'est-ce que vous attendez ? fit-elle déjà un peu moins contrariée.

Blade scella sa promesse d'une solide étreinte à laquelle la douce Janet s'abandonna corps et âme.

CHAPITRE II

Le chemin de l'au-delà, pour Richard Blade, passait par trois portes. Cachée au pied de la Tour de Londres, à l'écart des sentiers battus par les hordes de touristes, la première était gardée par deux cerbères zélés, des gros calibres de la Special Branch. Cette lourde porte de chêne, vieille de plusieurs siècles, datait d'une époque où des prisonniers la franchissaient la mort dans l'âme et dans le regard en sachant qu'ils ne reverraient probablement jamais la lumière du soleil. Ou seulement le jour de leur exécution. La serrure en revanche, actionnée par un analyseur de code rétinien, était à la pointe de la technologie en matière de sécurité.

Blade passait toujours cette première porte avec un léger pincement au cœur, une pensée pour les autres voyageurs, les disparus du projet DX qui ne l'avaient vue s'ouvrir qu'une seule fois. Lui aussi pouvait ne plus revenir, se perdre dans l'inextricable dédale des univers potentiels. Le risque existerait toujours, tant que le Professeur Leighton n'aurait pas maîtrisé tous les mystères engendrés par son invention. Et même alors, un accident serait encore possible, qui lui supprimerait toute issue de retour. Malgré ce risque, rester à jamais coupé du monde où il avait jusque là vécu, Blade n'avait pas réellement peur. Peu lui importait en fait de finir ses jours dans cette réalité ou dans une autre. Partout sa vie ne serait qu'un long combat.

La seconde porte, celle de l'ascenseur, brillait au bout d'un étroit corridor humide et sombre. Blade profitait généralement de ce dernier moment de solitude, tandis que ses pas résonnaient entre les murs de pierre, pour vérifier l'état de ses articulations et faire le vide dans son esprit. Une ultime préparation destinée à achever sa mise en condition avant le grand saut dans l'inconnu.

Le murmure aigu et régulier d'un mécanisme hydraulique l'accompagnait ensuite pendant tout le temps que durait sa descente dans les profondeurs de la tour. Plus de cinquante yards en une poignée de secondes. Arrivé au seul niveau desservi par l'ascenseur, Blade se faisait alors ouvrir la troisième et dernière porte, celle du laboratoire de Lord Leighton, un des lieux les plus secrets de la planète.

Là, le corps hérissé d'électrodes multicolores qui le faisaient ressembler à un sapin de Noël, il disparaissait momentanément de ce monde pour s'élancer à travers une brèche ouverte dans le continuum spatio-temporel.

De l'autre côté de nouvelles aventures l'attendaient. De nouveaux dangers, de nouvelles épreuves, de nouveaux plaisirs.

*
* *

Blade termina de se dévêtir, et prit sur la tablette un pot métallique, manipulé jusque là avec des gants. Dans ce petit miroir courbe et argenté, le reflet déformé du minuscule vestiaire le faisait paraître immense. Il dévissa le couvercle en redoutant déjà le choc à venir. Ce pot contenait, jusqu'à ras bord, une infecte pommade dont il devait s'enduire le corps pour ne pas finir en lampe incandescente. Jamais au cours de ses multiples vies il n'avait rencontré d'odeur aussi désagréable. Une odeur nauséabonde, lourde, qui sautait au visage. Plus de cent fois déjà il avait dû ouvrir ce pot, sans pouvoir s'habituer à cette puanteur. Sans doute ne le serait-il jamais. Fort heureusement toute trace de cette pommade aurait disparu à son arrivée. Les problèmes soulevés par le projet DX avaient parfois d'agréables effets secondaires.

Malgré tout son indéniable génie, Lord Leighton n'avait en effet toujours pas trouvé le moyen de faire voyager de la matière inerte ou non organique. Aussi Blade ne pouvait-il ramener le moindre souvenir de ses terres d'accueil. Ni rien emmener non plus. Aucun instrument, aucune arme, et aucun vêtement. C'est donc toujours nu qu'il arrivait à destination, ce qui compliquait parfois sérieusement ses premiers contacts. En revanche, il était à son apparition d'une propreté absolue, stérilisé même, et sans odeur. Il ne restait plus sur lui la plus infime trace de quoi que ce soit. Même le pagne qu'il enroulait autour de ses reins, afin de ne pas choquer la pudibonderie de Lord Leighton, disparaissait pendant le transfert.

J attendait à la sortie du vestiaire. Pas un muscle de son visage ne bougea lorsque Blade apparut, devancé par le nuage putride.

Les deux hommes échangèrent quelques mots simples. La banalité tranquille de leurs derniers échanges faisait partie du rituel. Comme le bourdonnement électrique du fauteuil roulant venant interrompre cet ultime instant de complicité. Tandis que J allait s'installer à l'écart, Blade suivit le savant jusqu'au siège baquet trônant au centre du laboratoire.

— Alors, Professeur, quelle diablerie m'avez-vous encore concoctée ? Est-ce que je pourrai bientôt emmener ma brosse à dents ?

Lord Leighton arrêta son fauteuil pour le faire pivoter vers Blade. Son expression satisfaite et bienveillante ne laissait présager rien de bon.

— Grâce aux nouveaux appareils que vous voyez là-bas, et dont je me garderai bien de vous exposer le principe, je pense être désormais, et cette fois définitivement, en mesure de vous envoyer deux fois dans le même monde ! jubila le savant.

Blade cacha ses craintes sous une moue admirative. Jusqu'à présent les innovations introduites par Lord Leighton dans le programme de transfert ne lui avaient amené que des désagréments.

— Après ce voyage, au cours duquel vous vous serez encore livré à Dieu seul sait quelles facéties, continua Lord Leighton, vous devrez vous soumettre à une série de mesures. Elle me permettront de calculer certaines coordonnées mémorisées par vos cellules. Ensuite, lorsque que j'aurai décodé cette empreinte, nous serons en mesure de vous renvoyer dans la même dimension. C'est aussi simple que cela.

— Bon, eh bien, je vais essayer de ne pas m'y faire trop d'ennemis, plaisanta Blade en prenant place dans la coque de plastique moulé.

En fait, Blade était réellement impressionné. Il pouvait sans peine imaginer la quantité de travail, de calculs et de recherches qu'impliquait une telle prouesse.

Dans son coin, J lissait sa moustache l'esprit en partie ailleurs. Lui aussi avait quelque souci à se faire. Le budget du projet DX, déjà considérable, allait encore enfler. Mais cette fois il ne manquerait pas d'arguments pour justifier ces nouvelles dépenses. Il était évident que si l'Angleterre voulait tirer quelque profit de l'opération, ce ne serait possible qu'à condition de pouvoir établir des contacts réguliers, de savoir choisir et programmer la destination des voyages. De telles tentatives avaient déjà été effectuées par le passé, mais aucune n'avait abouti.

Avec une virtuosité et des automatismes de picador en fin de carrière, Lord Leighton entreprit de lui planter la centaine d'électrodes au travers desquelles une colossale énergie se déverserait bientôt dans son corps pendant que les ordinateurs enregistreraient sa silhouette moléculaire.

Blade entendit le fauteuil électrique s'écarter de la coque. Lord Leigthon en avait fini avec ses banderilles polarisées. Le bourdonnement monta d'un ton lorsque le savant pivota avant de retourner à ses claviers. L'autre moitié de la coque descendit lentement pour venir s'emboîter dans le siège. Ce fin réseau de mailles métalliques empêchait toute distorsion électromagnétique de venir perturber le processus de reconstitution. Grâce à lui, Blade était assuré de retrouver tous ses organes, en bonne et due place.

J lui fit un signe amical de la main, une ébauche de salut à deux doigts. Le grand moment était maintenant arrivé. Dans quelques secondes Lord Leighton appuierait sur les trois touches rouges du panneau central de contrôle. Et Blade serait éjecté hors du monde. Son pagne s'affaisserait lentement, tandis que dans la coque vide les électrodes se balanceraient mollement au bout de leurs fils multicolores.

Une longue attente, inquiète et silencieuse, commencerait alors pour J et Lord Leighton.

*

* *

Au début, il y avait toujours la même douleur, atroce, insoutenable, cette sensation d'être déchiré, écartelé, et projeté aux quatre coins de l'univers. Tandis qu'il glissait dans les ténèbres vides et silencieuses d'un espace immatériel n'ayant d'existence que pour lui, mille poignards de feu venaient lacérer son reste de conscience. Cette longue dérive semblait durer une éternité. Puis la douleur s'effaçait, lentement, jusqu'à ce qu'arrivent les toboggans de lumière, les explosions de couleurs et les champs de formes au travers desquels, tel une comète folle, Blade était précipité par de nouvelles forces jusqu'à ce qu'apparaisse enfin le bout de l'entonnoir, un point brillant dans l'obscurité retrouvée.

[illegible]

[illegible] les explosions [illegible] champs de [illegible] de [illegible] Enfin le bout des [illegible] et [illegible] dans [illegible]

CHAPITRE III

Étendu, les yeux clos, sur un tapis d'herbes sèches et de bois mort qui lui griffaient le dos, il émergea lentement à la conscience. Une douleur aiguë, acérée, lui transperçait le cerveau, par vagues successives, puis venait buter contre son crâne et se répercutait le long de ses membres moulus. Il sentait une masse dure et froide contre sa tempe gauche. De la pierre. Un rocher sans doute.

Son instinct lui conseillait la prudence. Il resta un instant immobile, les paupières closes et les sens aux aguets. Une douce fraîcheur montant de la terre caressait son corps nu. Il n'y avait d'autres sons que le bruissement de l'air. Rassuré, il ouvrit les yeux et les referma aussitôt sous l'impact éblouissant d'une lumière trop vive. Une image s'était inscrite sur sa rétine, celle d'un arbre aux branches lourdes chargées de larges feuilles sur fond de ciel éblouissant. Il roula sur le côté, se redressa péniblement et s'adossa contre le rocher.

Tout son corps n'était que plaies, bosses et échardes. De minces filets de sang coulaient de plusieurs entailles, sur son torse, ses cuisses, ses bras.

Autre chose le préoccupait pourtant plus encore que ces blessures, quelque chose dont il venait soudain de prendre conscience…

Il venait de prendre conscience que son esprit était vide, sans repère d'aucune sorte ! Qu'il ne se souvenait de rien !

Où se trouvait-il ? Comment était-il arrivé dans cette forêt ? Pourquoi était-il nu ? Aspirées par le vide, les questions s'enchaînaient, lui traversaient l'esprit sans trouver le moindre début de réponse. Le vertige menaçait mais il trouva les forces pour le contenir. Soudain ce fut un violent torrent d'images qui vint l'assaillir. Des images mystérieuses, fulgurantes, étrangères. Il voyait des hommes se battre, mourir, marcher dans un désert, sur une planète morte, au bord d'une voie bordée de hautes tours. D'autres volaient ou chevauchaient toutes sortes d'animaux, se déplaçaient dans des coques de couleur à demi transparentes. Il voyait aussi des femmes, en armes elles aussi, ou comme lui sans vêtements. Ce flot d'images inexpliquées ajouta à son trouble. Pour un temps il en oublia la douleur.

Il lui fallait réagir, d'une manière ou d'une autre, organiser ses pensées pour tenter d'en remonter le courant.

À en juger par son état et les quelques branches brisées jonchant le sol autour de lui, il avait dû tomber de cet arbre et perdre connaissance en se cognant contre le rocher. Il y avait d'ailleurs des traces de son sang sur une des arêtes. Mais ce n'était là qu'une simple déduction, qui lui rendait quelques minutes seulement de son passé. Au-delà, aussi vierge que celle d'un nouveau-né, sa mémoire ne lui offrait aucune prise. Tout au plus avait-il maintenant la sensation, diffuse, de n'être pas tombé de l'arbre, mais à travers l'arbre. Il revoyait même vaguement sa chute, de plus haut et face au soleil.

Comment était-ce possible ? D'où aurait-il pu tomber ?

Longtemps il creusa les ténèbres, tel un enterré vivant à la recherche d'un brin d'air, sans pouvoir y déceler aucun fil, ni un traître mot ou la moindre image. Il lui fallait se faire une raison, ses efforts resteraient vains. Il avait tout oublié du monde où il se trouvait. Tout, excepté que chaque homme avait un nom.

Lui ne se souvenait plus du sien.

Il finissait de retirer ses échardes, lorsqu'un bruit, le craquement lointain d'une branche morte, le fit sursauter. Il y avait une présence là-bas, au delà des hautes herbes et des buissons de fougères géantes. Des automatismes enfouis à des profondeurs où il n'avait plus accès refaisaient surface, toute une mécanique se mettait en place. Il lui semblait avoir déjà, souvent même, vécu des situations similaires. L'arbre était au centre d'une clairière. Caché dans son feuillage, il bénéficierait d'une position d'attente idéale. Il ramassa une branche cassée, solide et peu feuillue.

Pourquoi devait-il être sur ses gardes ? D'où lui

venait cette certitude ? Quel danger le menaçait ? se demandait-il, tandis qu'il grimpait avec une agilité qui le surprit lui-même.

Les bruits se rapprochaient, convergeaient vers la clairière. Des animaux ? Des hommes ? Quelles seraient leurs intentions ? Ils étaient plusieurs. Deux, peut-être trois. Tenant son arme rudimentaire entre les dents, il grimpa silencieusement jusqu'à la première fourche, à deux fois sa hauteur, et s'allongea sur une ramification du tronc.

Il entendit bientôt des voix confuses, un rire, et distingua à travers la végétation les masses sombres de trois hommes avançant côte à côte. Le vent tourna, lui amenant leur odeur, forte et âcre. Elle lui en évoqua aussitôt une autre, qu'il savait être, sans pouvoir la saisir, une des clés de sa mémoire.

L'espoir d'avoir enfin quelques réponses à ses lancinantes questions fut malheureusement de courte durée. Les trois hommes, qu'il entendait maintenant clairement, s'exprimaient dans une autre langue que la sienne, une langue qu'il ne comprenait pas !

Pourquoi ces hommes ne parlaient-ils pas comme lui ? Ou lui comme eux ? Qui étaient-ils ? Où se trouvait-il ? Chaque seconde voyait éclore une nouvelle interrogation.

*

* *

Un silence de mort planait dans le laboratoire enfoui dans les profondeurs de la Tour de Londres.

Lord Leighton avait programmé l'opération de rappel, depuis quelques secondes déjà, mais la coque de plastique restait désespérément vide.

— Mais enfin, que se passe-t-il ? s'énerva J. C'est votre programme de mémorisation, n'est-ce pas ? C'est lui qui est responsable de ce contretemps ? Je vous avais prévenu ! Je savais qu'il ne ferait que compliquer l'opération ! En plus d'avoir pratiquement doublé son coût !

Lord Leigthon ne se souvenait pas avoir jamais vu J dans cet état. Depuis leur première rencontre, plus de dix années plus tôt, le vieux gentleman, patron du MI6, ne s'était pas une seule fois départi de son calme très british.

— Je ne comprends pas ! Tout est normal, Richard devrait déjà être revenu, se justifia le savant.

Tout en continuant de pianoter fébrilement sur le clavier de son ordinateur, il jeta un œil vers la coque de plastique. Un long grésillement résonna dans le silence comme un coup de tonnerre. Quelques étincelles suivirent, mais l'espoir fut de courte durée... Richard Blade n'était toujours pas là !

— Ne me dites pas que vous l'avez perdu ! fit J.

Sur l'écran bleuté les données, illustrées de courbes et de graphiques, défilaient à toute allure. Puis tout disparut, brusquement, et deux mots vinrent s'inscrire, telle une funeste sentence affichée par ce maître de cérémonie sans visage, sans voix, à l'intelligence artificielle :

RETOUR IMPOSSIBLE

*
* *

Aucun des trois hommes venus s'installer au pied de l'arbre n'était bien grand. Deux avaient des sabres courts. Des armes vieilles, en mauvais état, aux pommeaux rouillés. Le plus jeune, assis sur ses chevilles juste en dessous de la branche où il s'était tapi, l'avait posé près de lui. L'autre, adossé contre le rocher, l'avait planté dans le sol à portée de main. Le troisième, un barbu massif au crâne luisant, se reposait debout, appuyé contre sa lance fichée dans le sol.

Habitué à l'odeur montant de leur vêtements crasseux, sans couleurs et sans formes, il avait d'abord cherché à retrouver ce qu'elle lui rappelait, puis y avait renoncé, avant de finalement l'oublier.

Depuis un moment déjà, les trois hommes mastiquaient dans la bonne humeur des tranches de viande séchée. Le plus jeune se pencha pour prendre dans son sac à dos un cylindre de métal brillant dont il dévissa le couvercle.

Ce geste et cet objet, tout comme leur odeur quelques instants plus tôt, lui évoquait quelque chose.

Le jeune guerrier, portant le cylindre à ses lèvres pour boire, leva la tête et le découvrit allongé sur sa branche. Ses yeux et sa bouche s'arrondirent. Il en avala de travers et fut pris d'une violente quinte de toux.

— *Ok taï imaarek ? Chani i tapasse !* lui lança le grand barbu, ce qui déclencha l'hilarité du troisième.

Déjà il avait sauté au centre du trio. La soudaineté de son apparition aurait seule suffi à les paralyser. Mais il y avait aussi sa nudité, qui faisait paraître plus imposante encore sa musculature parfaite. Leur stupeur fut telle qu'il dut lui-même y mettre un terme.

— Soyez sans crainte, dit-il, avant de lâcher le bâton à ses pieds en signe de bonne volonté.

Il savait qu'ils ne le comprendraient pas. Aussi par ce geste cherchait-il à les rassurer. Mais le bâton n'était pas tombé n'importe où. Il avait le pied droit dessous, juste au milieu. En cas de besoin, il serait dans sa main en un clin d'œil.

L'homme assis contre le rocher fut le premier à réagir. Il se redressa en saisissant le sabre planté près de lui, et recula de deux pas.

— *Danatarbek ?* criait-il en pointant son arme. *Kal tarid ouz tarbek ?*

— *Kal mâcha ! Kal mâcha !* cria le plus jeune, visiblement paniqué.

Celui-là avait posé la main sur son sabre mais ne s'était pas encore levé. Il serait le moins dangereux des trois.

— *Daashi im mataacha ! Chtarbek !* le rabroua le barbu, de très mauvais poil, en se préparant à affronter cet inconnu tombé de l'arbre comme un fruit trop mûr.

Venir à bout de ces trois hommes ne lui poserait aucun problème. Il le savait, aussi sûrement qu'il ne savait pas grand-chose d'autre. Mais il voulait pouvoir les interroger, savoir au moins où il était, où se trouvait le lieu habité le plus proche. Il lui fallait donc prendre l'initiative des opérations.

Le premier coup fut pour le plus jeune qui levait toujours vers lui son visage ébahi. Un direct du talon à la face lui fit malencontreusement craquer l'os du nez. Le barbu chauve en profita pour charger en hurlant. Le troisième n'avait pas encore bougé. Sans reposer son pied à terre, il s'accroupit et pivota en lançant sa jambe derrière lui. Le fer de la lance passa à quelques centimètres seulement de son torse. Le barbu, qui avait reçu son pied au creux de l'estomac, fut stoppé net dans son élan et tomba sur ses genoux, le souffle coupé. Il lui prit sa lance, l'assomma et se tourna vers le troisième larron.

— *Taalil dour ayat ! Taalil dour ayat !* répéta le dernier combattant valide en pointant son sabre. *Ok ma laarcid !*

Celui-là, sous son allure menaçante, tremblait comme une feuille presque morte. Tout s'était passé trop vite pour lui. Ses paumes devaient être moites. Au premier choc son sabre glisserait dans sa main.

Il avança sur lui sans le quitter des yeux, prêt à réagir au premier signe d'attaque. Ils furent bientôt si proches qu'il pouvait sentir la peur filtrant au travers de ses hardes crasseuses.

— *No ma lilik ! No ma lilik !* gémit l'homme en lâchant son sabre, avant de l'implorer, les mains tendues.

Cet homme, c'était évident, lui demandait de l'épargner, mais avec un air fourbe qui invitait à la prudence. Il planta la lance dans le sol et avança encore d'un pas.

— *No lilik, no lilik,* essaya-t-il de le rassurer en espérant ne pas s'être trompé.

Voyant une lueur d'espoir traverser le regard de son adversaire terrifié, il crut avoir réussi à se faire comprendre quand, brusquement, il sut que ce regard ne lui était pas destiné. Il y avait quelqu'un d'autre derrière lui, un quatrième larron ! Instinctivement, il plongea sur le côté en récupérant la lance au passage.

La lueur bleuâtre d'un rayon de lumière traversa la clairière en sifflant. Il roula jusqu'au rocher et s'immobilisa, lance au sol. L'air était saturé d'une forte odeur de chaires et de crin brûlés. Celui qui quelques secondes plus tôt s'était cru tiré d'affaire, regardait maintenant son ventre d'un air hébété. Ses tripes sanguinolentes pendaient par le gros trou fumant qui lui traversait l'abdomen. L'homme leva ensuite vers le tireur son visage étonné. Un peu de sang mêlé de bave coula au coin de sa bouche. Il s'écroula sur ses genoux et s'affala de tout son long.

Le nouveau venu se tenait à une dizaine de mètres. De longs cheveux blonds tombant sur ses épaules encadraient son visage anguleux. Mieux armé que les trois autres, il avait un sabre dans son fourreau, une lance dans la main gauche et dans la droite son arme meurtrière.

Il n'avait aucun souvenir d'un tel objet, fait d'une poignée transparente surmontée d'un cadran rectangulaire lumineux, lui-même prolongé par un long tube gris, lisse et brillant.

— *Ta yak lilik !* fit le nouveau venu avec un sourire sadique en ajustant son tir.

Face à un engin aussi diabolique, le rocher ferait un bien piètre abri. Il avait toujours la lance du barbu. Ses chances de s'en sortir étaient minimes, mais il ne pouvait attendre la mort sans réagir.

D'autres images lui envahirent l'esprit, de combats confus et de batailles rangées. Des images pleines de mouvement, de souffrance, de sang et de cris.

En même temps qu'il bondissait au dessus du rocher en hurlant, son bras se déploya.

Un autre éclair bleu jaillit de l'arme. L'air vibra du même sifflement aigu et la lance, qui filait droit vers la poitrine du tireur, fut calcinée en plein vol. Le fer, dévié de sa trajectoire, partit se perdre dans les hautes herbes tandis qu'une pluie de fines cendres noires retombait lentement sur le sol.

La main de l'homme se crispa sur la poignée. Un troisième trait de feu allait surgir du tube brillant. Il se trouvait maintenant à découvert et trop loin du tireur pour lui imposer un corps à corps. Cette fois tout était bien fini. Son histoire, dont il ignorait encore le début, allait se terminer ici, dans cette clairière, seul endroit qu'il connaîtrait du monde. Comble d'ironie, sa dernière vision, pour lui qui nageait en pleine obscurité, serait une explosion de lumière.

En même temps que le sifflement aigu, il y eut

un bruit sec à l'intérieur de son crâne, comme le claquement d'une corde trop tendue, et une douleur vive, acérée, lui vrilla l'arrière du cerveau.

Après une trajectoire courbe, le rayon, bien moins lumineux cette fois, était venu mourir sur le tapis de feuilles et de branches mortes à quelques pas de lui. Un peu de fumée montait du sol. Il était vivant !

Une onde de pure énergie s'engouffra en lui. Le vent de la vie. Tout son corps fut secoué, traversé, jusqu'au bout de chaque fibre. Il connaissait cette sensation. Souvent, avant ce jour, il avait senti la même force sauvage l'envahir. Ce n'était pas un souvenir. Seulement une évidence, une certitude sans repères et sans images.

Cette fois, l'onde de choc passée, il trouva dans son sillage un nouveau mystère de taille : son esprit s'ouvrait au langage de ces hommes ! Des milliers de mots, d'accents, d'usages, de concepts, de nuances, de règles, de signes éclataient comme des bulles à la surface de sa conscience. En quelques fractions de seconde, cette langue, qu'il aurait juré n'avoir jamais parlée, lui était devenue totalement familière !

Le grand blond aurait pu profiter du bref instant où ces violentes vagues l'avaient rendu vulnérable. Au lieu de cela, il avait lâché sa lance et s'énervait contre son arme inutile, s'affolait, tapait rageusement sur le cadran en pestant.

Il marcha vers lui, sans se presser mais prêt à bondir si cette machine infernale redonnait signe de vie, ou au premier geste de cet homme vers son sabre ou sa lance.

— Je ne te veux aucun mal, dit-il calmement. Dépose tes armes à terre, nous parlerons et tu auras la vie sauve.

CHAPITRE IV

Des habitudes, des facultés, tout un savoir étaient venus par vagues reprendre leurs places. Par exemple quand, avec des gestes précis et délicats, il avait redressé le nez du plus jeune. Son nom était Alaïnaraz, mais les autres l'appelaient Alaï, qui voulait dire « les plumes de l'oiseau né » et, par extension, « marmot, jeunot, gringalet ». Son nez avait maintenant viré au violacé, mais il resterait droit.

Le barbu, lui, s'appelait Rashir. Celui-là ne le portait pas dans son cœur. Sans doute ne lui pardonnerait-il jamais de l'avoir vaincu aussi aisément. Quant au tireur, son nom était Pilouk. Tout comme le jeune Alaï, Pilouk l'observait avec une curiosité mêlée de crainte.

L'atmosphère s'était passablement détendue. Ils avaient retrouvé leurs places au pied de l'arbre. Lui, adossé contre le rocher, avait pris celle du mort. Et aussi son pantalon de peau. Rashir avait protesté. Porter les habits d'un mort, ça leur porterait malheur. Il était passé outre. Les bottes, en peau elles aussi, étaient trop petites.

Il prit le morceau de viande séchée que lui tendait

Pilouk, le grand blond, et la mastiqua comme il les avait vus faire. Elle avait un goût sucré qui ne lui était pas totalement inconnu.

— Et toi, qui t'es ? demanda Rashir de sa voix rauque.

— Je ne sais pas. Je ne me souviens plus de mon nom.

— Comment ça, tu te souviens plus ? Ça se peut pas ! On peut pas oublier son nom ! s'enflamma Rashir. C'est pas possible ! T'essayes de nous empouler ou quoi ?

— Comment se fait-il qu'on ne t'aie encore jamais vu sur l'île ? Quand est-ce que t'as été largué ? demanda Pilouk.

Ainsi donc il se trouvait sur une île ! Avant l'arrivée de ces hommes, et après, lorsqu'il fut habitué à leur odeur, il en avait distingué une autre, sur laquelle il pouvait maintenant mettre des mots, une image. C'était l'odeur de l'iode, l'odeur de la mer. Une minuscule parcelle de son histoire remonta alors à la surface... Son pays aussi était une île !

Sur le reste, la nuit était toujours aussi sombre.

De l'autre côté de l'arbre, près du rocher, une armée noire et grouillante d'insectes rampants s'engouffrait à l'intérieur du cadavre éventré.

En quelques mots précis il leur exposa le peu de choses qu'il savait de lui-même, la chute, le choc, son réveil, l'amnésie. Quand il eut terminé, Alaï lui passa la bouteille de métal. Un liquide chaud lui râpa la gorge.

— Donc, si je comprends bien, tu viens d'être largué.

C'était la deuxième fois que Pilouk utilisait ce mot.

— Largué ? Comment cela ?

— Tu as été lâché d'un Kallaara, comme tous les prisonniers de cette île, lui expliqua Alaï, avant d'ajouter en voyant sa mine perplexe, tu ne sais pas non plus ce qu'est un Kallaara ?

Alaï se trompait. Ce n'était pas sur ce mot qu'il avait réagi, mais sur « prisonniers ». Pilouk, se méprenant à son tour, expliqua que les Kallaaras étaient de grands oiseaux transporteurs, au corps plus gros que le tronc de l'arbre, et dont l'envergure pouvait dépasser trois longueurs d'homme. C'est en Kallaara qu'ils avaient tous été amenés du continent et lâchés au dessus de l'île. Comme lui sans doute, ce qui expliquait sa sensation d'être tombé de plus haut que l'arbre.

Tout cela semblait logique. Peut-être avait-il vraiment été largué, comme ils le prétendaient ? Pour l'instant, autre chose le préoccupait plus encore.

— Tu as dit « comme tous les prisonniers », fit-il vers Alaï. Que voulez-vous dire ? Pourquoi prisonnier ? Prisonniers de qui ?

Rashir, toujours aussi agressif, revint à la charge.

— Celle-là, c'est la meilleure ! Tu ne sais pas non plus où t'es ? Tu ne sais pas que cette île est une décharge publique, un bagne ? Tu ne sais pas pourquoi t'es là ? C'est ça que tu veux nous faire croire ?

Son cerveau tournait à plein régime. Rien de ce qu'il avait appris de ces hommes n'avait déclenché l'association salvatrice tant attendue, ni éveillé le moindre souvenir. Mais il n'était pas un criminel, de cela il était sûr. Même si sa mémoire stagnait encore dans les mêmes eaux troubles, certaines choses lui apparaissaient nettement. La certitude de n'avoir rien à se reprocher était de celle-là. Il se savait la conscience en paix.

— Je ne suis pas un criminel. Je n'ai rien fait de mal, fit-il calmement.

— Mais si, forcément comme nous tous, dit Pilouk. Si on t'as largué ici, y'a une raison. C'est que tu es un hors-la-loi et que les autres, là-bas, ils veulent plus de toi !

— En plus, si ça se trouve, ils ont fait un voyage juste pour lui, renchérit Alaï de sa nouvelle voix nasillarde. C'est quand même rare !

— Je ne crois pas à ses histoires ! dit Rashir en le menaçant du bout de sa lance. Il joue les imbéciles en nous faisant croire qu'il se souvient de rien ! Ici tout le monde doit raconter ce qu'il a fait, c'est la règle ! Et t'as pas intérêt à nous beurrer le chou !

Ce barbu puant avait besoin de se faire remettre les idées en place. Pilouk intervint à temps pour éviter une mise au point musclée.

— Arrête, Rashir. Moi, j'ai confiance. Je sais reconnaître un homme sincère. Je le crois quand il dit qu'il a tout oublié ! Ça doit être le coup sur la tête, contre le rocher.

— Il nous cache des choses, je te dis ! Ses premiers mots, avant que t'arrives, étaient des mots étrangers ! Il parlait une autre langue, une langue qu'on n'a jamais entendue. Comment t'expliques ça, toi ?

— C'est ma langue, celle du lointain royaume d'où je viens, répondit-il sans réfléchir.

Les mots semblaient s'être eux-mêmes frayés un chemin jusqu'à ses lèvres, comme si un autre que lui avait pris la parole à sa place.

Alaï, le moins sceptique des trois, lui demanda comment s'appelait ce royaume.

— Je ne sais pas, cela fait partie de ce que j'ai oublié.

— Évidemment ! grogna Rashir. C'est pratique. De toute façon, ça explique pas que maintenant tu parles comme nous, alors qu'au début tu nous comprenais pas !

— En fait, intervint Pilouk, tu ne te souviens pas de grand-chose.

— Mais tu sais encore sacrément bien te battre, reprit-il après un temps. Je n'avais jamais vu quelqu'un bouger aussi vite ni utiliser ses pieds comme tu le fais.

— Moi non plus, approuva Alaï.

Une colonne d'insectes noirs avait quitté le cadavre maintenant bien entamé et avançait lentement vers eux. Rashir se leva. Il en fit aussitôt autant.

— Il faut bouger d'ici, dit Rashir. L'odeur du sang attire les Pouwhs.

— Où allons-nous ?

— Au camp, là où vivent tous les prisonniers, lui répondit Pilouk en se levant à son tour. Tu dois rencontrer Krlof, notre chef. Il a besoin d'hommes comme toi. En chemin je t'apprendrai certaines des choses que tu dis avoir oubliées. Peut-être cela t'aidera-t-il à retrouver les autres ?

Il décida de les suivre. Parce qu'il lui fallait aussi apprendre l'île, ses coutumes, ses ressources et ses dangers. Quant à se laisser enrôler dans leur bande comme l'avait laissé entendre Pilouk, c'était une autre paire de manches.

*
* *

Parti le premier, Alaï ouvrait de son sabre un chemin à travers les hautes herbes. Rashir, qui avait récupéré la lance de Pilouk, fermait la marche.

Savoir cet homme armé dans son dos n'était pas fait pour le rassurer.

— Si tu commençais par me dire pourquoi vous êtes là, ce que vous avez fait pour mériter l'emprisonnement…

— Tu vois, qu'est-ce que je disais ? fit Rashir derrière eux. Il veut tout savoir, et lui il dit rien ! C'est un mateur !

— Nous avons tous les trois tué quelqu'un, comme la plupart des gens ici, enchaîna Pilouk sans prêter attention à leur suiveur.

Puis, d'un mouvement du menton il désigna Alaï ouvrant le chemin devant eux.

— Lui, c'était dans un moment de folie. Il avait un peu forcé sur le brizz et...

— Le brizz ?

— Le truc que t'as bu tout à l'heure. Et il a tué ses parents, comme ça... Paf paf, embrochés dans leurs fauteuils ! Après, il est resté prostré pendant six semaines avant d'être jugé et envoyé ici.

— Moi, intervint Rashir, j'ai trucidé un marchand d'outres, dans le souk de Lham.

— Lham ? Ce nom me rappelle quelque chose. C'est une ville, n'est-ce pas ?

— Il m'avait pris la main dans sa sacoche. C'était lui ou moi ! enchaîna Rashir tandis que Pilouk expliquait que Lham était la plus importante des trois grandes cités du pays, celle où se trouvait la forteresse des Dragons.

— Mais j'ai occis un garde aussi, qui m'avait pris en chasse. Et ici, c'est moi qui suis chasseur ! Explique-lui ce que ça veut dire, Pilouk !

Rashir pesta en découvrant qu'ils ne l'écoutaient pas.

— Cette forteresse est imprenable, continua Pilouk. Elle est sans porte, et entourée d'un large fossé rempli d'eau. C'est une île, comme ici, en quelque sorte. Le seul moyen d'y pénétrer, c'est par les airs, en Kallaara, ce qui est impossible vu qu'y a que les Fesses-Jaunes qui savent les monter, ou par des galeries souterraines qui forment un réseau si dense et si embrouillé, qu'il faudrait plusieurs vies pour toutes les explorer. Quelques fous s'y sont risqués, mais personne ne les a revus. On dit que ce labyrinthe est vieux comme le monde, et qu'il a été construit par des dieux. Tu dois quand même te souvenir de ça, non ? C'est une légende connue de tous les Ottoks, et même dans les mondes au delà des mers.

Bizarrement, ce labyrinthe ne lui évoquait rien. Au point qu'il se demanda un instant si Pilouk ne lui racontait pas n'importe quoi, juste pour détourner la conversation.

— Et toi ? Tu as aussi tué quelqu'un ? fit-il, revenant à des préoccupations plus immédiates.

Pilouk eut quelques secondes d'absence. D'un geste machinal il écarta une branche d'arbuste dont Rashir évita de justesse le retour cinglant.

— Ma femme, et l'homme qu'elle aimait. Le problème c'est que c'était un garde. Mais je le savais pas, je pouvais pas le savoir ! Personne veut me croire.

— Arrête tes conneries, Pilouk ! Normal qu'on te croit pas, y'avait son uniforme au pied du lit... Si ça se trouve, t'as même marché dessus avant de les trucider !

La sincérité de Pilouk était pour l'instant le cadet de ses soucis. Autre chose occupait ses pensées, il y avait une raison à son arrivée récente sur cette île. Pour la connaître, il lui fallait d'une façon ou d'une autre en repartir, retourner là où il aurait une chance de rencontrer son passé.

— Depuis quand êtes-vous là ? Et pour combien de temps encore ?

Pilouk s'arrêta net, le regarda en souriant d'abord puis se tourna vers Rashir.

— T'entends ça ? Il veut savoir pour combien de temps on est là ?

Ils éclatèrent ensemble d'un tonitruant franc rire. Un petit animal au poil vert tacheté de brun détala à travers les buissons. À nouveau ses sens furent alertés par la désagréable certitude d'être observé.

Rashir, qui n'avait qu'une demi-tête de moins que lui, coupa net son rire et vint le fixer d'un regard aussi mauvais que son haleine.

— Peut-être bien qu'après tout tu sais vraiment rien. Alors, je vais te dire. C'est sur cette île que tu finiras tes jours, mon grand, comme nous tous ici ! Bouffé par les Pouwhs ! À moins qu'on se donne la peine de foutre le feu à ton cadavre. Et tu veux que je te dise ? Si vraiment tu ne te rappelles de rien, et bien t'es un sacré veinard ! Parce que les souvenirs, crois-moi, c'est pire que la gangrène !

Rashir se trompait sur un point, il n'avait pas complètement tout oublié. Le passé lui était toujours fermé, sa propre histoire et presque toutes ses connaissances avaient disparu, s'étaient envolées, mais il lui restait encore quelques certitudes. Par exemple qu'il n'est pas de prison d'où l'on ne puisse s'évader.

Alaï, qui frayait le chemin à coups de sabre, était maintenant hors de vue. Ils reprirent leur marche.

*
* *

Ses trois compagnons du moment étaient des

Ottoks, faisant partie des peuples du sud. Et probablement lui aussi, malgré sa taille et ses manières peu communes. Il aurait pu être des provinces d'Orient, d'un milieu aisé probablement, et sans doute habitué à commander. À moins, comme il l'avait prétendu, qu'il ne vienne effectivement de ce lointain et mystérieux royaume. Un royaume d'autant plus improbable que la couronne y serait portée par une femme !

Une chose leur semblait certaine, il n'était pas un Nordik.

— Ce nom-là non plus ne te dit rien ?

L'effort qu'il fit pour se souvenir resta sans effet. Pilouk continua son récit.

— Tout a commencé il y a environ cinq années, quand les Nordiks ont débarqué chez nous. C'était pas la première fois, on avait l'habitude. Entre les Nordiks et nous, c'était comme ça depuis toujours. Ils venaient chez nous, nous on allait de temps en temps faire un tour chez eux. Un peu de pillage, un peu de butinage, on renouvelait nos femmes... Tout ça c'est la vie, ça fait marcher le commerce. Mais cette fois-là, il y a cinq ans, c'était pas pareil !

— Tu parles que c'était plus pareil ! grogna Rashir. Qu'est-ce qu'on pouvait faire contre leurs foutus rayons ?

— Ils avaient ces nouvelles armes. Tu as vu ce qu'elles peuvent faire ! Et leurs chefs étaient invulnérables.

— Invulnérables ? Personne n'est invulnérable, fit-il avec une moue sceptique en hochant la tête.

— Si, si, je t'assure, reprit Pilouk. Ils ont le regard vide et une démarche de somnambules. On croirait des morts-vivants. Avec leurs rayons ils arrêtent tout. Epée, javelot, pierre... Même les flèches ! Rien ne peut les atteindre, ils ne ratent jamais une cible ! C'est pour ça qu'on les appelaient les Dragons. Ils marchaient toujours en tête des troupes, en crachant leur lumière mortelle. Sur les champs de bataille, l'air empestait la chair brûlée. Et il y avait ce bruit, des centaines de sifflements, qui n'arrêtaient pas ! C'était pire que tout !

— Sans parler de tous les blessés qu'ont été bouffés vivants par les Pouwhs, renchérit Rashir sur un ton presque jovial.

— Heureusement, les combats n'ont pas duré longtemps. Très vite on a compris qu'il ne servirait à rien de résister, enchaîna Pilouk. Après, ça a été pire, le début de l'enfer, de l'esclavage, des bagnes, de la délation, des pendaisons publiques du travail forcé dans les mines...

— Même que des fois, je me dis qu'on est mieux ici ! le coupa Rashir.

Aucune de ces nouvelles informations ne parvenaient à éveiller sa mémoire. Pourtant il la sentait là, toute proche, plus présente, et pesant plus lourdement encore contre les portes verrouillées de sa conscience. À un moment seulement les explications de Pilouk avaient réussi à ouvrir une brèche, à soulever un coin du voile.

C'était lorsqu'il avait voulu en savoir plus sur les Kallaaras.

— Ils sont montés par les Fesses-Jaunes... Ça ne dit rien ?

Pilouk avait attendu quelques secondes. C'est Rashir qui avait expliqué :

— Ce sont les pires des gardes. Les plus cruels. Ils seraient capables de tuer leurs propres enfants si on le leur ordonnait ! Ils sont plus sauvages que les plus sauvages d'entre nous, plus que Krlof lui-même ! Résultat, personne ne les aime, mais tout le monde les craint.

— On les appelle comme ça, continua Pilouk, parce qu'ils ont vraiment les fesses jaunes. C'est à cause du frottement sur les plumes. Comme ça partait pas, ils se sont fait des uniformes aux culs jaunes, pour que ça se voit pas !

— Nous on nous fait voyager dans un filet, au bout d'une corde. C'est pas désagréable comme moyen de transport. À part au décollage. A cause du poids, faut une sacrée distance aux Kallaaras pour prendre de la hauteur ! Et pendant tout ce temps-là, nous on se fait râper comme une noix de Kazan au bout de la corde. Parce que les Fesses-Jaunes, ils aiment bien décoller de terrains rocailleux. Ça les amuse !

D'autres images avaient alors surgi, de son passé proche. Il se revit prisonnier de ce filet, brinquebalé au bout de la corde. Ensuite le sol s'éloignait. Il y avait des champs, des bâtiments aux toits noirs, un troupeau de ces oiseaux dans un enclos. Il se souvenait aussi du vent sur son visage, dans ses cheveux. De l'air plus vif au-dessus de la mer. De la descente vers l'île, en vol plané, de la décélération et de sa chute, lorsque le garde avait ouvert le filet au-dessus de la clairière.

S'il était réellement tombé de cette hauteur, et à travers l'arbre comme il en avait maintenant le souvenir précis, il aurait logiquement dû se tuer. Personne n'aurait pu survivre à une telle chute !

Outre ce nouveau mystère, l'irruption du passé avait cette fois encore amené son lot de questions. Ses retrouvailles, qui se faisaient à rebours, s'arrêtaient toujours au pied du même immense point d'interrogation...

« Avant. Qu'y avait-il eu avant ? »

Son instinct lui conseilla de garder pour lui ces bribes de souvenirs grignotés. Un silence prudent lui assurerait un contrôle plus serré de la situation.

Pilouk lui cita ensuite toute une série de noms qu'il mémorisa sans difficulté bien qu'aucun ne lui fût familier. Ceux des douze chefs des tribus nordiks, des dirigeants de leur propres provinces et de leurs femmes, des guerriers les plus connus, de l'homme qui avait organisé la résistance contre l'invasion des Nordiks avant de se faire tuer, et bien d'autres encore.

Soudain, tandis que Pilouk creusait sa propre mémoire à la recherche d'anecdotes, de faits marquants de ce meurtrier conflit, il sentit pour la troisième fois depuis leur départ de la clairière un regard peser sur ses épaules. Cette fois il lui sembla même discerner un mouvement dans les herbes, sur leur gauche.

— Il y a un homme, là-bas, vers le talus, dit-il doucement. Il nous suit depuis un bon moment.

Pilouk, le regard en coin, scruta les fourrés dans la direction indiquée.

— Ce doit être un insoumis. Seul, certainement. Sinon ils auraient attaqué. Mais il faut rester sur nos gardes.

— Un insoumis ? s'étonna-t-il.

— Y'à pas que des criminels sur cette île, lui expliqua Pilouk. Eux, les insoumis, ils ont rien fait de mal. Je veux dire rien de malhonnête. C'est juste qu'ils ont refusé d'obéir au nouveau pouvoir. Résultat, ils se retrouvent là, comme nous. Seulement eux, ils sont pas pareils. Ils se considèrent pas comme des prisonniers, mais comme des exilés ! Comme si ça changeait quelque chose. Et puis ils peuvent pas s'empêcher de vouloir faire la loi, avec leur morale à la tords-moi-le pieu. Alors, entre nous, c'est la guerre !

— Pourquoi ne m'en avez-vous pas parlé plus tôt ?

— On s'est mis d'accord pour ne rien te dire avant d'en savoir plus sur toi, fit Pilouk, gêné d'avoir à lui faire cet aveu. C'était pendant que tu récupérais le pantalon de Dourek. Faut se mettre à notre place, on se méfiait. T'aurais pu en être un toi aussi, on t'avait jamais vu !

Ainsi donc, chacun avait caché des choses à l'autre.

C'était de bonne guerre.

— Ne vous arrêtez pas, continuez de marcher normalement, lui ordonna-t-il.

Pilouk voulut le retenir mais déjà, tel un félin en chasse, il s'était fondu dans les hautes herbes.

Sans faire plus de bruit qu'une ombre glissant sur le sol, il effectua un mouvement tournant qui l'amena dans le dos de ce mystérieux observateur. C'était un homme jeune, solide, armé d'un petit arc à main bricolé. Il connaissait cet objet, dont le nom lui revint subitement. Une arbalète, une arme précise et puissante.

Tapi derrière le tronc d'un arbre abattu, un genou à terre, l'homme continuait d'épier sans se douter que les rôles étaient maintenant inversés. Son odeur n'était pas la même que celle des trois autres. Lui ne sentait pas la crasse, mais seulement le cuir, dont étaient faits son gilet, sa culotte et ses bottes.

Il n'était plus qu'à un mètre lorsque l'homme, toujours accroupi, devina sa présence et se retourna brusquement en pointant son arbalète. Il avait prévu ce geste. D'un fulgurant coup de pied il envoya valdinguer son arbalète. L'homme se redressa aussitôt, sortit un coutelas glissé dans sa ceinture et s'immobilisa, prêt au combat. Soudain, son expression farouche se figea, ses yeux s'arrondirent. Figé par la stupeur, il le fixait bouche bée.

— Non... Non, ce n'est pas possible ! parvint finalement à bredouiller l'inconnu.

— Quoi ? Qu'est-ce qui n'est pas possible ?

— Tu es mort ! On nous a dit que tu étais mort !

Cet homme le connaissait ! Il savait qui il était ! À moins que ce ne fût une ruse. Il s'approcha de lui, sans relâcher sa vigilance.

— De quoi parles-tu ? Explique-toi !

L'homme s'approcha pour le toucher du bout des doigts, comme pour vérifier qu'il était bien réel. Sa stupéfaction était à son comble. Elle monta pourtant encore d'un cran lorsqu'une lance lui traversa la poitrine et ressortit par le pectoral gauche. L'homme s'écroula dans ses bras. Il essaya de parler encore, mais ne put qu'articuler trois syllabes inaudibles, muettes. Puis ses mains se crispèrent et son regard se vida.

Il y eut un bruit dans les feuillages. Il posa le cadavre à terre, s'accroupit a l'abri de l'arbre mort.

C'était Rashir, qui arbora une mine satisfaite à la vue de l'homme empalé. Pilouk suivait de peu. D'un geste sec Rashir retira la lance du corps et la nettoya méthodiquement sur une liane proche.

— Pourquoi as-tu fait cela ? dit-il planté devant lui, calme, froid et déterminé.

— Ben quoi ? Je t'ai sauvé la vie, t'es pas content ?

En tuant cet homme qui l'avait reconnu, Rashir venait de réduire à néant sa première vraie chance d'apprendre quelque chose sur lui-même. Une vague de rage meurtrière monta en lui, qu'il s'efforça de contenir. Il préféra aussi passer sous silence l'étrange surprise de l'homme et ses quelques mots énigmatiques. Il voulait en savoir plus avant de prendre n'importe quelle décision, comme par exemple de faire ravaler à Rashir son sourire fourbe.

— Faut pas lui en vouloir, intervint Pilouk. Il pensait bien faire, c'est un chasseur.

— C'est ça, renchérit Rashir sur le même ton narquois, je croyais bien faire.

— Qu'est-ce qu'il vous arrive ? J'ai cru que je vous avais perdu ! fit Alaï venu les rejoindre, avant de découvrir le mort gisant face contre terre.

Autour du cadavre les feuilles mortes s'étaient mises à frémir, doucement d'abord, puis à s'agiter comme si elles revenaient à la vie. Les Pouwhs nécrophages sortaient du sol. Il était temps de quitter cet endroit. C'est Rashir cette fois qui partit devant, avec l'arbalète et le carquois de sa victime.

Lui, récupéra le coutelas et suivit les trois prisonniers jusqu'à leur camp, parce qu'il devait tout voir et savoir de cette île. Ensuite il partirait à la recherche de ses autres habitants, les insoumis, dont il se sentait naturellement plus proche.

Les dernières paroles de cet homme revinrent le hanter. « On nous a dit que tu étais mort ». La phrase tournait et retournaient dans sa tête.

La lumière entrevue rendait les ténèbres plus profondes.

— Parle-moi de ces insoumis, dit-il à Pilouk.

[illegible]

— [illegible] Raison [illegible] le [illegible] ton [illegible]
[illegible]

— [illegible] qu'il [illegible] Alexandre [illegible] avec [illegible] de [illegible] quatre [illegible].

[illegible] pour [illegible] Les Polonais [illegible] sol, il [illegible] temps [illegible] C'est [illegible] partie [illegible] de [illegible] victime.

Il [illegible] plus [illegible].

Les [illegible] de [illegible].

[illegible]

— [illegible]

CHAPITRE V

L'île se révéla plus grande qu'il ne l'avait pensé. Quand ils lui dirent être arrivés, le soleil était proche du couchant. Leur marche avait été retardée par d'épuisants marécages et d'inextricables enchevêtrements de lianes, mais le reste du temps ils avait maintenu une bonne allure.

Par chance, il n'y avait sur cette île aucun animal dangereux, à l'exception des Pouwhs qui vivaient sous terre et pouvaient sentir une goutte de sang à une portée d'arc.

La forêt s'arrêtait brusquement. Au-delà s'étendait un vaste champ planté d'une multitude de souches entre lesquelles les plus hautes herbes avaient été arrachées et brûlées sur place. Les arbres abattus avaient servi à construire un haut rempart qui barrait l'horizon de l'autre côté de cette zone déboisée encore embrasée par le soleil rasant. Témoignant d'assauts apparemment récents, deux brèches y avaient été ouvertes. Entre les troncs jonchant le sol un peu de végétation avait poussé. Ailleurs c'est le feu qui avait laissé les traces noires de nombreuses morsures.

Plusieurs hommes travaillaient à la remise en état de cette palissade.

— Qui craignez-vous ? Qui vous a attaqués ? demanda-t-il tandis qu'ils traversaient le terrain découvert.

— Nous on craint personne, rectifia Rashir. C'est les insoumis qu'ont construit ce village. Et ils en étaient pas peu fiers, ils le croyaient imprenable. Tu parles !

— On leur a d'abord pris deux tromblons comme celui-là, fit Pilouk en lui montrant l'étui où il avait rangé son arme, désormais inutile. L'autre, c'est Krlof qui l'a. Ce sont les deux seuls sur l'île. Ensuite on a pu prendre le village.

— D'où viennent ces armes ? Comment les insoumis les ont-ils eues ?

— Tu poses trop de questions, le rabroua Rashir. Si t'en vois un, t'auras qu'à lui demander !

Ils avaient débouché de la forêt non loin d'une porte massive s'ouvrant par le haut, à la façon d'un pont-levis. Sans doute par mesure de sécurité. Avec ce système il devenait plus difficile de l'enfoncer, et il ne faisait pas bon se trouver devant au moment de l'ouverture.

Une des sentinelles montant la garde sur une corniche surplombant cette porte-levis leur demanda par signes de se faire connaître.

Pilouk épela leurs noms en agitant rapidement les bras. Il y avait cinq positions, plus deux pour les mains, ouvertes ou fermées. Ce qui permettait une centaine de combinaisons.

Il découvrit stupéfait qu'il comprenait aussi ce langage !

— C'est comme ça qu'on communique ici. Je t'apprendrai, lui dit Alaï tandis que résonnait la longue plainte d'une trompe répercutant la nouvelle de leur arrivée.

Ce système de signes, mis au point par les habitants de l'île, lui était familier. Comment était-ce possible ? Se pouvait-il qu'il soit déjà venu ici ? Il ne voyait pas d'autre explication. Peut-être même était-ce ici, sur cette île, que l'homme tué par Rashir l'avait déjà vu ? Ses paroles ne s'en trouvaient pas pour autant éclairées.

À mesure qu'il avançait, le mystère se faisait plus épais. Tout s'embrouillait. Comment aurait-il pu imaginer qu'il avait en fait l'extraordinaire capacité de comprendre toutes les langues, tous les langages ? Il aurait pour cela fallu que sa mémoire lui soit rendue, qu'il se souvienne de Lord Leighton et du projet DX, qu'un miracle vienne lui rappeler qu'il venait d'un autre monde, d'une autre dimension.

Le même champ déboisé s'étendait de l'autre côté de la palissade, jusqu'à une falaise basse adossée à la mer. Une partie des arbres coupés avait ici servie à bâtir une vingtaine de huttes sommaires.

Rashir n'était pas peu fier de marcher en tête du groupe. Le malheureux Pilouk, en même temps que son arme devenue inutile, avait sans doute perdu un peu de son autorité et sa place dans le clan. Cela se voyait déjà au sein du trio, Rashir ne se privant pas de le lui faire sentir.

La nouvelle de leur arrivée s'était répandue à travers tout le village. Tous les hommes, plus d'une centaine apparemment, accouraient vers la palissade pour venir s'agglutiner en une meute bruyante autour d'eux.

Les femmes, moins nombreuses, se tenaient à l'écart, en grappes sur de petites collines de terre.

Un gros oiseau au plumage jaune et brun, un Kallaara sans doute, était mollement allongé dans un enclos, entre deux huttes. Intrigué par l'agitation et le tumulte, il tourna vers eux sa tête au long bec violet, se dressa sur ses pattes et se mit à arpenter sa cage en poussant quelques cris rauques et aigus.

Quelque chose, une anomalie qu'il n'arrivait pas à définir retint son attention. Comme un manque, une absence. Il sut bientôt d'où lui venait cette sensation diffuse. Certains de ces hommes et de ces femmes étaient là depuis des années, et pourtant il ne voyait aucun enfant.

Un passage s'ouvrit dans la masse malodorante agglutinée autour d'eux. Beaucoup, surtout parmi les femmes, étaient plus impressionnés qu'intrigués par l'arrivée de cet étranger au corps si athlétique, à l'allure aussi noble. Certains, le prenant sans doute pour un insoumis récemment capturé, réclamèrent sa mise à mort immédiate. Un début de rixe ajouta à la pagaille. Pilouk d'abord, puis Rashir, se chargèrent de calmer la meute assoiffée de sang en faisant le récit de leur rencontre.

Bousculés, pressés de questions, ils furent ensuite escortés jusqu'au pied de la falaise, où le vent était plus fort, plus frais et chargé d'embruns. Des échelles de lianes pendaient de plusieurs grottes dont les ouvertures sombres se découpaient dans la paroi rocheuse.

Un son de trompe, le même que celui ayant signalé leur arrivée, retentit à nouveau.

Un homme à la carrure imposante, sans doute Krlof, le chef des prisonniers, apparut à l'entrée de la plus haute grotte. D'une crinière brune qu'il avait dû avoir abondante, il n'avait gardé qu'une bande de longues boucles, au centre de son crâne rasé. Son torse nu était recouvert d'une épaisse toison pectorale où se noyait toute une série de pendentifs. À sa ceinture brillait la même arme que celle de Pilouk.

Aussitôt le tumulte déclina, en même temps que derrière eux la foule se rangeait en une masse compacte.

Une autre silhouette vint alors se découper dans l'ouverture obscure de la grotte, celle d'une femme. Elle avança dans la lumière jusqu'au côté de l'homme à la chevelure partielle. Elle était vêtue d'un gilet de cuir noir, lacé sur le devant, qui ne cachait pas grand-chose de ses formes généreuses. La blancheur de ses jambes, longues et musclées, tranchait singulièrement avec le teint cuivré de son compagnon.

Il remarqua son regard profond et triste. Un appel plus qu'un regard, chargé d'espoir et de promesses.

Avec une étonnante agilité, l'homme au crâne à

demi rasé se laissa glisser au bas de son échelle de corde, avant de venir se planter devant lui.

Il pouvait maintenant distinguer ses pendentifs, des pinces de crabe, des pierres et des oreilles humaines.

Rashir s'empressa d'aller raconter à son chef où ils l'avaient trouvé, en se gardant bien d'insister sur les détails du combat ayant suivi, et lui mettant même sur le dos la mort du quatrième larron, accidentellement tué par Pilouk.

L'homme leva le bras gauche. Immédiatement le silence se fit.

— Puisqu'on a un nouveau, lança-t-il à l'adresse de la meute attentive, on va lui apprendre les bonnes manières. Qu'est-ce que vous en pensez ?

Une immense clameur suivie de commentaires vint saluer la proposition du chef. Parmi les femmes, toujours regroupées à l'écart, une voix lança :

— Il est mignon ! Tu me le prêtes, Krlof ? Moi aussi j'ai des choses à lui apprendre !

C'était une grande et forte femme, à la poitrine débordante. Des rires fusèrent, et d'autres plaisanteries tout aussi douteuses. L'homme, le bras levé, attendait le retour du silence.

— Je suis Krlof, le maître de cette île. Tu vas répondre à mes questions. Mais d'abord, un genou à terre !

Il n'avait certes, pour l'instant, plus de passé, mais sa dignité et sa fierté étaient toujours intactes.

— Celui qui me fera mettre à genoux n'est pas encore né, fit-il en le défiant du regard.

Un murmure étonné, ponctué de quelques rires,

répondit cette fois à son affront. Rashir se délectait, persuadé comme la plupart des autres prisonniers, que cet étranger osant braver Krlof ne tarderait pas à regretter son audace.

Derrière lui la foule s'écarta lentement. Tous, attendant la réaction de leur chef, savouraient à l'avance le spectacle de la punition à venir.

— En voilà un qui a du caractère ! fit Krlof en souriant à l'adresse de ses hommes. Moi, j'aime ça. Pas vous ?

Krlof se détourna naturellement vers ceux qu'il prenait à partie, et soudain, croyant le surprendre, voulut dégainer son arme.

Il fut plus rapide. Bien plus rapide.

Avant même que quiconque n'ait seulement compris ce qui se passait, ou esquissé le moindre geste, il lui avait saisi le poignet et asséné un puissant direct du plat de la main à la face. Puis, toujours aussi vif, il était passé derrière Krlof, pour immobiliser d'une puissante clef au bras.

Les prisonniers toujours médusés se trouvaient maintenant sous la menace de l'arme, qui avait magiquement changé de main. Il y eut un flottement, des murmures. La surprise passée, les premiers rangs reculèrent prudemment d'un pas, puis la foule, toujours hésitante, entama lent un mouvement tournant pour faire cercle autour d'eux.

— Laissez-moi passer, ordonna-t-il d'une voix sûre, l'arme fermement plaquée contre le crâne de son otage grimaçant de douleur. Sinon votre chef mourra ! Et d'autres suivront !

Cet endroit ne lui plaisait qu'à moitié. Contrairement à ce qu'il avait espéré, personne ne l'avait reconnu, et sans doute n'y apprendrait-il rien de plus que ce qu'il savait déjà. Il n'avait donc plus rien à y faire. Peut-être aurait-il plus de chance avec les insoumis ?

— Qu'est-ce que t'attends, Pilouk ? aboya Krlof. Tu as un tromblon toi aussi. Alors sers-t'en ! Tire, imbécile !

— Il ne marche plus, y'a plus rien, se justifia Pilouk d'un air penaud.

Sur sa gauche, Rashir fit mine d'armer son arbalète.

— Vas-y Rashir, ne te gêne surtout pas ! lui lança-t-il. Si tu veux être le premier à mourir, je me ferai un plaisir de te brûler la cervelle !

— Je le savais bien que t'étais pas des nôtres, grogna Rashir en laissant tomber sa flèche à terre. Tu perds rien pour attendre ! Tu quitteras pas ce village !

— En voilà un qui en a dans la culotte ! fit la même femme que tout à l'heure, la matrone aux mamelles généreuses. Ce serait dommage de le laisser partir, non ?

Le canon de l'arme était toujours pointé sur la nuque de l'infortuné Krlof. Tous savaient que le premier tir, après avoir éclaté la tête de leur chef, balayerait tout sur sa trajectoire. Personne ne tenant à jouer les héros martyrs, un couloir s'ouvrit dans la foule des prisonniers. Il savait que le passage se refermerait derrière lui dès qu'il s'y serait engagé, mais il n'avait pas le choix. Toute hésitation de sa part ne pouvait que diminuer ses chances de s'en sortir vivant.

Un grand rouquin à l'épaisse tignasse bouclée avança alors d'un pas pour lui barrer le passage.

— Il est seul et nous sommes deux cents ! cria-t-il tourné vers la foule toujours hésitante.

L'affrontement semblait inévitable. D'une seconde à l'autre la foule donnerait l'assaut. Si les premiers tirs ne suffisaient pas à l'arrêter, il serait submergé. Il se préparait donc à vendre chèrement sa peau lorsque, contre toute attente, le grand rouquin continua sur un tout autre registre :

— De quoi avez-vous peur ? Que Krlof soit tué ? L'heure est venue de changer de chef ! Qu'est-ce que vous en dites ? Moi, je suis pour le nouveau !

L'intervention inespérée de cet allié surprise déclencha une pagaille générale. Deux clans ne tardèrent pas à se former, qui commençaient à s'invectiver sous le regard ébahi des indécis.

Même s'il lui devenait difficile de garder un œil sur tout le monde, cette division jouait en sa faveur.

— Tu le regretteras, Bilak ! grogna Krlof. Je te ferai bouffer vivant par les Pouwhs !

— Tu es mal placé pour menacer qui que ce soit, fit-il en resserrant sa prise. T'es fini !

Poussant le chef devant lui, il continua d'avancer prudemment en profitant du désordre grandissant. Krlof tenta alors d'échapper à sa poigne de fer, mais sa manœuvre désespérée ne réussit qu'à lui soutirer une nouvelle grimace de douleur.

— Toi non plus tu ne t'en tireras pas vivant ! râla-t-il, le souffle court. Personne ne peux s'échapper de cette île. Mes hommes te retrouveront.

— Ce ne sont plus tes hommes, commença-t-il, avant de s'interrompre brusquement.

Bilak, le grand rouquin, leva les yeux vers la falaise.

Comme ce matin, dans la clairière, il comprit que le danger viendrait de ses arrières. Il se retourna brusquement, le canon de son arme pointé vers la paroi. Devant l'entrée d'une grotte, à droite de celle où se tenait toujours la jeune femme au regard triste, un homme les observait. Il vit comme une ceinture de cuir dans sa main et comprit trop tard qu'il s'agissait d'une fronde. Son projectile, une pierre aux arêtes effilées, fondait sur lui. Une autre suivait.

Pilouk l'avait renseigné sur le maniement de son tromblon, mais l'arme ne lui était pas encore assez familière. Son tir fit exploser la première pierre et manqua la deuxième, qui l'atteignit à la joue gauche, sous la pommette, et l'ébranla sérieusement. Krlof en profita aussitôt pour se libérer, d'un violent coup de coude à l'estomac qui lui coupa le souffle.

Avant d'avoir pu réagir il reçut une troisième pierre, à la tempe. Celle-là réussit à complètement voiler le soleil.

Une pensée lui traversa alors l'esprit, au moment précis où il perdait connaissance. Un choc à la tête l'avait privé de sa mémoire, peut-être ce nouveau choc la lui rendrait-il ?

*
* *

Il ne refit surface qu'à la nuit tombante, crucifié contre la paroi de la falaise. Dès qu'il eut retrouvé toute sa lucidité, et constaté que sa mémoire lui faisait toujours défaut, il n'eut plus qu'une seule idée en tête, un seul objectif, quitter ce village et cette île. La tâche ne s'annonçait pas aisée. Des liens solides, faits de feuilles tressées, lui sciaient les poignets. On lui avait en revanche laissé les jambes libres, et il pouvait se tenir debout. Il éviterait donc la lente asphyxie dont finissent par mourir tous les crucifiés.

Tout le village retentissait de la fête organisée en son honneur, sans doute pour célébrer sa capture. Autour de plusieurs grands feux des hommes gesticulaient sur les rythmes rapides, frénétiques et lancinants de percussions, accompagnés de battements de mains et de cris de femmes. D'autres prisonniers, affalés un peu partout, se livraient à une immense orgie ou cuvaient leur brizz. Certains se battaient, pour la possession d'un morceau de viande, d'une gourde, d'une partenaire.

Un homme quitta le feu le plus proche et se dirigea vers lui d'une démarche rendue hasardeuse par la boisson. Il avait une gourde dans une main et une torche dans l'autre. Il reconnut bientôt Krlof, le visage déformé par un rictus triomphant. Une nouvelle oreille, ensanglantée, était enfilée à son pendentif.

— Content que tu sois de retour ! Tu as raté le

plus intéressant, fit le chef d'une voix pâteuse en abaissant sa torche vers le sol.

Dans la lueur dansante de la flamme il distingua quelques mètres plus loin la tête, ou plutôt ce qu'il en restait, d'un homme enterré jusqu'au cou, à l'oreille gauche tranchée. Les Pouwhs grouillaient autour de la plaie sanglante et sur son visage en partie décharné. En colonnes serrées, disciplinées, ils entraient et sortaient par ses orbites vides, sa bouche sans lèvres. Seule sa chevelure était encore intacte. Il reconnut la crinière rousse de Bilak, l'homme qui, quelques heures plus tôt, avait osé se dresser contre l'autorité du chef.

— Dommage que tu ne l'aies pas entendu hurler, continua Krlof, t'aurais eu un petit avant-goût de ce qui t'attend.

Il s'arc-bouta en tirant sur ses liens. Rien ne bougeait. Krlof but une longue rasade avant de s'intéresser de nouveau à lui.

— Alors, comme ça, il paraît que t'as perdu la mémoire ? Tu sais plus qui t'es ?

— Sois sans crainte, Krlof, fit-il les dents serrées autant par la colère que par l'effort. Je saurai me souvenir de toi !

Il était entravé, crucifié, mais il pouvait se servir de ses jambes. Pour cela, il fallait que Krlof approche encore un peu plus, aussi fit-il semblant de forcer sur ses liens.

— Vas-y, tu peux tirer, c'est solide ! Mais à ta place je ne forcerais pas trop. Les Pouwhs sont pas loin, et à la première goutte de sang…

Encore deux pas. Il suffisait que Krlof avance de deux pas.

— Ce serait dommage que tu nous quittes si tôt ! On t'a réservé quelques surprises pour demain. Comme t'as l'air de savoir bien te battre, avant de se dire adieu, on commencera par deux ou trois duels un peu particuliers. J'espère que tu te montreras à la hauteur et que tu sauras faire durer le spectacle.

Krlof éclata de rire, tourna les talons et s'éloigna dans l'obscurité en titubant.

Pour l'instant il ne pouvait rien faire. Cette impuissance, malgré les sombres promesses de Krlof, ne lui provoquait pourtant aucune inquiétude. Il se sentait même très calme, confiant. Parce qu'il savait avoir déjà rencontré d'autres situations tout aussi dramatiques, dont il s'était toujours sorti. Il n'en avait aucun souvenir précis, mais il le savait. Il était un homme de guerre, un homme d'action, habitué au danger. C'était maintenant devenu une certitude.

Bien campé sur ses jambes, il se laissa aller contre les rochers pour libérer ses poignets de son poids, cala sa tête entre deux saillies, et se laissa glisser dans un sommeil réparateur.

Autour des feux, les danseurs commençaient à se faire plus rares et les rythmes moins frénétiques.

*

* *

— Je ne comprends pas, fit Lord Leighton. Mes calculs sont justes. Je les ai tous vérifiés, trois fois. Normalement, Richard devrait être revenu.

Cet aveu d'impuissance, plus que l'inquiétude, assombrit le visage du mathématicien tassé dans son fauteuil.

J, le patron du MI6, avait quant à lui retrouvé son calme un instant disparu. Mais au-delà de son masque impassible, de sombres pensées continuaient leur travail de sape. Il avait toujours redouté cet instant, celui où il lui faudrait admettre que le projet DX avait causé la perte de Richard Blade, comme il avait entraîné celle des premiers voyageurs. Pas seulement parce que Blade était son meilleur agent, mais parce qu'entre eux, au fil des ans, s'était tissé d'autres liens affectifs, à la fois plus subtils et plus solides.

J, refusant de se laisser décourager, chassa toute pensée pessimiste de son esprit et rejoignit Lord Leighton, plus que jamais concentré sur ses équations ésotériques.

— Je suis désolé de m'être emporté, tout à l'heure, fit-il en lissant son épaisse moustache rousse, preuve qu'il était redevenu lui-même. Mais vous savez combien je tiens à lui...

Lord Leighton n'ignorait rien de ce lien particulier unissant le patron du MI6 et Richard Blade, devenu quasiment au fil des ans son fils spirituel.

— Moi aussi, je tiens à lui, lui fit remarquer le savant. Mais sans doute pas pour les mêmes raisons. Sans Blade, le projet DX n'existerait plus. Si

c'était le cas, cette maladie qui me cloue dans mon fauteuil roulant ne serait rien à côté du vide que j'aurais à affronter.

Un moment d'échange silencieux vint clore leur double confession, puis J alla chercher une chaise et revint s'installer au côté de Lord Leigthon, toujours perdu dans ses pensées.

— Bien, fit-il d'une voix énergique. Quel est exactement le problème ? Combien de temps vous faudra-t-il pour tout revoir et tenter une nouvelle procédure de rappel ? Combien y a-t-il encore de chances que vous puissiez le récupérer ?

Lord Leighton réfléchit un instant, puis s'apprêtait à répondre, lorsque J posa une dernière question, qui depuis de longues minutes déjà lui brûlait les lèvres :

— Je ne doute pas que vous me le ramènerez, dit-il, mais ce que veux savoir, c'est si cet incident peut avoir, disons de fâcheuses implications.

— Arrêtons de tourner autour du pot. Nous nous connaissons depuis trop longtemps pour nous embarrasser de sous-entendus. Vous voulez savoir si vous le retrouverez entier, c'est cela, n'est-ce pas ?

Sans attendre la réponse de J, Lord Leighton enchaîna d'une voix grave :

— Ce contretemps est sans doute dû aux modifications que j'avais introduites dans le programme, afin de pouvoir mémoriser les coordonnées du monde d'accueil, commença Lord Leighton. Il est possible qu'elles aient eu quelques incidences.

Voyant le regard de J s'assombrir, il s'empressa aussitôt d'ajouter :

— Je ne parle pas de séquelles physiques, mais psychiques. Lorsque j'aurai pu le relocaliser, et je ne doute pas d'y parvenir...

— Qu'essayez-vous de me dire, Lord Leighton ? Que Richard Blade ne sera plus lui-même ? Qu'il nous reviendra à l'état de zombi, comme vos premiers cobayes ?

Le savant, le regard perdu dans les méandres de ce passé toujours douloureux, se recroquevilla dans son fauteuil.

— Cette discussion nous fait perdre un temps précieux, dit-il d'une voix lasse. Pour l'instant, rien ne me permet de mesurer la gravité de ces séquelles, ni même de mesurer le risque qu'il y en ait. Peut-être sera-t-il intact ? Peut-être sa mémoire sera-t-elle affectée ? Ou d'autres facultés plus secondaires ? L'impact peut se limiter à la motricité de l'auriculaire, par exemple. Je ne peux, pour l'instant, raisonnablement rien avancer de certain. Donc, si vous me permettez de vous donner un conseil, prenez votre journal, ou allez faire un tour, et laissez-moi travailler.

— Vous ne m'avez pas répondu, combien de temps vous faudra-t-il pour tenter un nouveau retour ?

— Quelques minutes, disons une dizaine, si je peux me concentrer sans sentir votre regard dans mon dos, surveillant le moindre de mes gestes.

J se leva, boutonna son veston, et posa sa main

sur l'épaule du savant. Cela non plus, Lord Leighton ne l'avait jamais vu faire.

— Très bien. Faites de votre mieux, je compte sur vous. Bipez-moi lorsque vous serez prêt, je vais prendre l'air. Et essayer, dans la mesure du possible, de penser à autre chose.

CHAPITRE VI

Richard Blade se réveilla, toujours crucifié et en sueur, les poignets atrocement endoloris d'avoir pesé sur ses liens. Une série de cris, faibles et lointains, poussés par une femme au bord du plaisir, l'avaient tiré de son rêve. C'était un rêve étrange, au cours duquel une kyrielle de femmes, toutes différentes, toutes extraordinairement belles, surgissaient du néant pour venir se lover dans ses bras où elles se volatilisaient au premier contact, comme des bulles de savon. La dernière était brune et toute de blanc vêtue. De son visage flou il n'avait pu distinguer que ses yeux. Deux petites balles blanches à facettes étaient enfoncées dans ses orbites, à la place des globes oculaires. Dans ses mains, elle tenait une longue tige de métal renflée à son extrémité, qu'elle lui passa derrière le cou pour l'attirer contre elle. Elle aussi disparut, quand il l'enlaça pour l'embrasser, tandis que retentissait une mélodieuse sonnerie aiguë qui le tira de son sommeil.

Par ce rêve, cela ne faisait pour lui aucun doute, sa mémoire prisonnière cherchait à le remettre sur les traces de son passé. Malheureusement le chemin se perdait dans l'obscurité et il avait pour l'instant plus urgent à faire que traquer ses souvenirs.

Le village endormi baignait dans la faible clarté lunaire et les lueurs mouvantes des feux mourants. Deux hommes, certainement chargés de le surveiller, se tenaient près d'un tas de braises rougeoyantes, à moins de trois longueurs de la falaise où il était crucifié. L'un dormait adossé contre la souche d'un arbre, profondément à en juger par la force et la régularité de ses ronflements. L'autre, assis en tailleur, tenait une torche de la main gauche et lançait régulièrement, de la gauche, trois osselets devant lui. Il les observait ensuite longuement, en poussant quelques grognements incompréhensibles, puis répétait la même opération. De temps en temps, un sourire satisfait venait illuminer sa face de brute dégénérée.

C'était le moment ou jamais de passer à l'action.

— Eh, toi là-bas ! Amène-moi à boire ! J'ai soif !

C'est volontairement qu'il avait pris ce ton hautain, provocateur, plutôt que de jouer la souffrance. Il lui fallait attirer le garde, le faire venir le plus près possible de lui. Et intervenir au moment où il repartirait.

— Alors ? Tu m'as entendu gros tas de graisse ! J'ai dit que j'avais soif !

Cette fois l'homme tourna vers lui son visage sale. Une expression sadique vint compléter le masque démoniaque que lui faisaient déjà les flammes de la torche.

— C'est moi que tu traites de gros tas de graisse ? fit le garde en se levant lentement.

Il devait continuer de le provoquer, tout en s'arrangeant pour que son acolyte ne soit réveillé.

Le rire étant le meilleur des hameçons, il s'esclaffa à gorge déployée.

Comme prévu, l'homme se laissa emporter par sa colère. Il ramassa sa lance d'un geste brutal et marcha vers lui, le regard écumant de rage.

— Ah, tu veux rire ? Et bien on va s'amuser tous les deux ! fit-il en lui caressant la poitrine du fer de sa lance. Je vais te faire changer de ton !

— C'est ça, vas-y gros lard, ne te gêne pas ! Tu sais ce qui va se passer si tu me blesses ?

L'homme, bien que visiblement peu futé, semblait avoir saisi l'allusion. Mieux valait quand même s'en assurer.

— Tous les Pouwhs, qui finissent ton copain Bilak, là-bas, vont rappliquer. Et si Krlof me retrouve mort demain matin, il ne sera pas content. Tu peux en être sûr. Vraiment pas content du tout ! Tu risques même de te retrouver à ma place...

Les sourcils froncés, l'homme se livrait à une activité cérébrale sans doute peu habituelle pour lui. Soudain son sourire sadique revint lui barrer le visage. Il approcha encore.

C'était gagné.

— T'as raison ! Faut pas que le sang coule, dit-il en laissant tomber sa lance et sa torche à terre.

Toujours avec la même grimace sadique il se rua sur lui pour le rouer de coups, secs, violents. Au visage d'abord, puis dans les côtes et l'abdomen.

Il avait vu venir l'attaque et s'y était préparé en

bandant ses muscles. Mais collé contre la falaise il n'avait aucun recul, aucune possibilité d'amortir efficacement les coups. En revanche, il n'eut pas trop à se forcer pour simuler la douleur.

Les attaques se succédaient. Il fallait résister, encaisser, durer encore quelques secondes, de façon à endormir la méfiance de cet abruti.

Son agresseur, qui ne ménageait pas ses efforts, montra bientôt les premiers signes de fatigue. Le moment était venu de feindre un évanouissement. Il ferma les yeux, bascula lentement sa tête vers l'avant et, après un hoquet plus vrai que nature, laissa son corps s'affaisser et peser de tout son poids sur ses poignets déjà douloureux. Les lianes tressées entamèrent un peu plus profondément ses chairs meurtries.

Persuadé que son prisonnier s'était évanoui, le garde lui assena un dernier et violent coup de genou qu'il eut quelque mal à encaisser sans broncher.

— Ça t'apprendra à faire le malin ! lâcha l'homme satisfait, le souffle court.

Entre ses paupières mi-closes, il vit la silhouette massive et sombre s'accroupir, pour ramasser la lance et la torche. La distance était parfaite, sa position inespérée, le moment idéal.

L'autre garde dormait toujours.

Il savait n'avoir droit qu'à une seule chance. S'accrochant aux lianes qui l'entravaient, il lança brusquement ses jambes vers le garde et les referma autour de son cou en croisant les chevilles. Étranglé, l'homme lâcha sa lance et sa torche pour tenter d'écarter le puissant étau qui l'étouffait.

Ses poignets le faisaient incroyablement souffrir, toutes ses veines étaient gonflées à en craquer, mais il lui fallait maintenir son étreinte, serrer encore, plus fort, pour éviter que l'homme, qui se débattait toujours, ne puisse donner l'alerte ou seulement réveiller l'autre garde. Il ne pouvait voir le visage émergeant entre ses mollets, mais il y avait fort à parier qu'il avait déjà dû virer au violet. Bientôt ses mouvements, désespérés, pour se libérer de l'étreinte mortelle se firent plus mous. Bientôt son corps devint flasque et s'immobilisa. Il y eut encore un lugubre gargouillis, puis plus rien. C'était fini.

Tout n'était pas gagné pour autant. Il lui fallait maintenant récupérer la lance, avec son pied, pour trancher ses liens. Un peu de sang coulait de son poignet gauche le long de son bras. Quelques gouttes étaient déjà tombées à terre, attirant une partie des Pouwhs qui délaissèrent le cadavre de Bilak pour venir s'attaquer à cette nourriture fraîche.

Renonçant provisoirement à la lance, il reporta ses efforts sur la torche toujours enflammée, la faisant glisser jusque sur le trajet des vampires miniatures. Stoppée net dans son élan sanguinaire, la colonne se disloqua. Le gros de la troupe, désemparé, détala aussitôt en tous sens, tandis que quelques-uns poursuivait leur route en se consumant, poussés par leur instinct plus brûlant que le feu.

Il devait faire vite. Les flammes ne joueraient pas longtemps leur rôle d'obstacle. Déjà quelques Pouwhs plus audacieux avaient commencé à contourner cette barrière de feu, en une large boucle parfaitement circulaire.

Ramener la lance jusqu'à lui et la redresser pour la saisir de sa main droite ne lui posa aucun problème. En revanche, s'en servir pour trancher ses liens s'avéra plus délicat. Il lui fallait fortement ployer le poignet, déjà mis à rude épreuve par sa séance d'étranglement. Le mouvement de va-et-vient n'était pas aisé, son amplitude insuffisante. Et les Pouwhs, de seconde en seconde, se rapprochaient davantage.

Le lien de feuilles tressées ne se laissait pas facilement entamer. Un premier cancrelat carnivore escaladait déjà sa cheville gauche. Il dut s'interrompre pour s'en débarrasser et l'écraser du talon. D'autres suivaient. Il choisit alors de ne plus s'occuper que des lianes, en se contentant de remuer les jambes pour chasser ces mini prédateurs sanguinaires. Le bas du corps gigotant en tous sens, et le haut parfaitement immobile à l'exception de sa main gauche, on aurait pu le croire possédé par quelque malicieux démon.

Lorsqu'il parvint enfin à dégager le premier poignet, quelques insectes avaient atteint sa poitrine et se dirigeaient vers son épaule, pour remonter jusqu'à la source de la rivière rouge coulant le long de son bras. Il s'en débarrassa avec une grimace de dégoût.

Il fut bientôt libre ! Enfin, presque. Il lui restait encore à quitter le village sans se faire remarquer.

La traversée du camp se passa bien mieux qu'il

ne l'avait craint. Les quelques prisonniers encore éveillés, qui aperçurent sa haute silhouette athlétique se glisser dans l'obscurité, se retrouvèrent aussitôt projetés en période de sommeil profond.

C'est seulement à l'approche de la palissade que les choses se gâtèrent. Les sentinelles surveillant les différentes brèches et la porte étaient à leurs postes et bien vigilantes. Caché, à distance raisonnable, derrière un des monticules d'herbes brûlées, il réfléchit au moyen de passer ce dernier obstacle. Soudain il devina une présence arrivant derrière lui. Quelqu'un le suivait qui, bizarrement, n'avait pas donné l'alarme. Se coulant dans l'ombre, il contourna le monticule d'herbes, s'allongea joue contre terre en prenant une posture avachie d'homme cuvant son brizz, et attendit.

Bientôt il vit une ombre, qui avançait accroupie par petits bonds d'une souche à l'autre. Interloqué, il reconnut la femme au regard triste, celle-là même apparue la veille aux côtés de Krlof, à l'entrée de la grotte. Quelles étaient ses intentions ? Pourquoi l'avait-elle suivi jusque là ? Il devait la maîtriser, en l'empêchant de donner l'alerte.

Il la laissa approcher encore, jusqu'à pouvoir sentir son odeur musquée, bondit hors de son abri et la saisit à la taille. Il voulut lui plaquer sa main sur la bouche, mais la jeune femme se débattit et leurs corps emmêlés roulèrent dans l'herbe avant de s'immobiliser. Elle aurait pu crier, appeler du secours, mais elle ne l'avait pas fait. C'était sa peur qu'il sentait maintenant.

— Pourquoi me suivais-tu ?

— Ne me fais pas de mal, murmura-t-elle. Je suis avec toi.

Malgré l'obscurité il pouvait voir son regard, à quelques centimètres du sien. Le même regard sombre et mélancolique qui l'implorait.

— Tu m'empêches de respirer...

Il desserra son étreinte. Elle en profita pour glisser la main dans son corsage et en sortir le tromblon de Krlof. Pendant une seconde il crut s'être fait berner, mais elle lui tendit l'arme par le canon.

— Je veux partir avec toi ! murmura-t-elle.

Avec cette arme en sa possession, il se sentait plus serein. D'autant plus que celle de Pilouk était hors d'usage.

— Je ne peux pas t'emmener. Tu seras un poids, tu me retarderas. Et j'ai des choses à faire, j'ai besoin d'être seul.

Pour toute réponse, elle se plaqua contre lui. Son regard se fit suppliant puis se chargea de promesses caressantes. Une onde électrisante courut le long de sa colonne vertébrale.

— Ne me laisse pas, je ferai tout ce que tu voudras et d'autres choses encore. Je ne veux pas retourner avec Krlof. C'est une brute ignoble, un sauvage. Laisse-moi aller avec toi, je t'en prie !

Elle était sincère, c'était évident. Il hésita encore quelques secondes, puis rangea l'arme dans sa ceinture et lui fit signe de le suivre. Dans l'immédiat elle pourrait l'aider à se débarrasser des sentinelles en détournant leur attention.

Quant à ses autres atouts, ayant besoin de toutes ses facultés, il préféra ne pas trop y penser pour l'instant.

*
* *

Krlof attendrait certainement le lever du jour pour lancer la chasse. Prisonniers de l'île, ils ne pouvaient aller bien loin. Ils avaient couru toute la nuit, le long de la côte d'abord, puis vers le centre de l'île où, selon la jeune femme se trouvait le territoire des insoumis.

Finalement, il ne regrettait pas de l'avoir emmenée avec lui. Non seulement elle avait mis un point d'honneur, malgré la fatigue, à le suivre sans jamais se plaindre ni ralentir son allure, mais elle lui avait permis de se restaurer en lui déterrant quelques racines comestibles. Seul, avec sa mémoire toujours défaillante, il aurait dû prudemment rester sur sa faim.

Au petit matin ils avaient atteint de hauts plateaux rocailleux et décidé de prendre un peu de repos. Le terrain s'y prêtait. Une fosse peu profonde, mais assez spacieuse, qu'il avait entourée d'un muret de pierres leur offrirait une protection suffisante. Armé du tromblon dérobé à Krlof, il pouvait y soutenir un siège.

Elle s'était blottie contre lui et avait commencé à parler, à raconter sa vie. Elle s'appelait Gaïle, et était la fille d'un riche marchand. Deux ans plus tôt, après avoir été violée par quatre gardes, elle avait décidé de se venger. Elle en avait déjà trucidé trois, lorsqu'elle fut prise en tentant de tuer le quatrième. Transférée sur l'île, elle avait alors dû subir la loi des prisonniers, avant de devenir la possession personnelle de Krlof. Depuis, elle n'avait quasiment plus quitté la grotte où ils vivaient.

Il comprenait mieux maintenant la mélancolie de son regard et la blancheur de sa peau. Après un moment de silence, il revint sur ce détail qui l'avait frappé lors de son arrivée au village.

— Quelque chose m'intrigue... Certains d'entre vous sont là depuis des années, toi-même, tu dis être arrivée sur cette île il y a plus de deux ans, et je n'ai vu aucun enfant dans le village.

Gaïle détourna son visage avant de répondre. Mais il devina, au ton de sa voix, qu'elle avait les yeux embués.

— Ils ne se contentent pas de nous bannir, et de nous parquer sur leurs îles comme des bêtes sauvages... Toutes les femmes sont rendues stériles !

« Ils », toujours ce « ils » énigmatique qui n'en finissait pas de le troubler. Sans doute voulait-elle parler de ses juges.

— Et toi ? lui avait-elle ensuite demandé. Pourquoi es-tu ici ? Qui es-tu ?

Il lui raconta sa courte histoire, espérant que de nouveaux souvenirs émergeraient en cours de récit. Mais une fois de plus il s'était heurté au même inébranlable rempart. Elle avait alors voulu le consoler en lui offrant son corps. Allongée sur lui, elle avait délacé son gilet de cuir et écrasé contre son torse puissant sa poitrine ferme et opulente.

— Pas maintenant, lui avait-il glissé dans l'oreille en s'excusant d'un sourire.

Pour le moment il avait plus besoin de récupérer quelques forces que d'en dépenser. Ils s'étaient alors endormis, tendrement enlacés au fond de leur fosse.

Quand il se réveilla, peu de temps après à en juger par la position du soleil, Gaïle n'était plus là. Son tromblon aussi avait disparu.

Elle l'avait dupé, s'était jouée de lui ! Furieux contre lui-même, pour lui avoir trop facilement accordé sa confiance, il frappa le sol d'un geste rageur, sans se douter qu'il n'était pas encore au bout de ses surprises.

— Sors de ton trou ! cria une voix. Nous avons la femme ! Et ton arme ! Tu ne peux pas t'échapper !

Il jeta un œil par dessus le muret de pierres. Des hommes abrités derrière des rochers, encerclaient sa position. Une vingtaine apparemment. Un seul, celui qui l'avait apostrophé, était à découvert. C'était un homme d'une quarantaine d'années, grand, au ventre légèrement proéminent. De longs cheveux blonds noués pendaient de chaque côté de son visage rondouillard. Il tenait Gaïle en bouclier devant lui. Un éclat de soleil jaillit du tromblon qu'il tenait dans la main droite.

Sa situation n'était guère brillante. Seule consolation, il avait trouvé ce qu'il cherchait. Ces hommes n'étaient pas ceux de Krlof, à en juger par leur apparence. Il y avait de fortes chances pour qu'ils fussent des insoumis.

— Ne lui faites pas de mal ! cria-t-il. Je vais sortir tout de suite.

En même temps qu'il émergeait de son trou, les insoumis quittèrent peu à peu leurs abris et convergèrent vers lui.

— Ce n'est pas de ma faute, gémit Gaïle lorsqu'il fut assez proche. Je suis allée chercher des fruits et...

— La ferme ! la rabroua son gardien. Et toi, avance !

Il obéit. En principe il n'avait rien à craindre de ces hommes. Gaïle avait dû leur expliquer qu'il s'était enfui du village de Krlof, pour partir à leur recherche.

C'est alors que l'un d'eux avança soudain d'un pas et tendit en tremblant l'index vers lui. Il était plus jeune, plus petit aussi, avec des bras anormalement courts.

— Je le connais ! Je le connais ! cria-t-il d'une voix aussi tremblante que son doigt. C'est Richard Blade !

*

* *

Après une nouvelle série de calculs et de manipulations qui ne l'avaient mené nulle part, Lord Leighton prit une pause. L'échec ne le dérangeait pas particulièrement. À maintes reprises déjà, il avait eu à y faire face. Chaque fois, d'une manière ou d'une autre, il avait su tirer profit de ses limites. Soit en trouvant au fond de ces impasses de nouvelles motivations ou un surcroît de détermination, soit en lui faisant découvrir d'autres voies, insoupçonnées.

Cette fois, pourtant, des pensées et des préoccupations inhabituelles tourbillonnaient dans son esprit en effervescence. Le projet DX avait déjà amené son lot de victimes. D'autres agents avaient été perdus lors des premières tentatives de transfert. Et le poids de ces disparus devenait soudain insoutenable. Parce qu'aujourd'hui, c'était la vie de Richard Blade qui était en jeu. Un homme qu'il avait, le temps aidant, appris à apprécier et à aimer, même si, cloué dans son fauteuil roulant, il en était souvent arrivé à le haïr. Pour son insolente perfection physique, pour ses succès, pour tout ce à quoi lui-même n'avait plus accès, même en rêve.

Lord Leighton s'ébroua, fit craquer ses jointures, et se remit au travail.

CHAPITRE VII

Richard Blade ! Il connaissait enfin son nom ! Ce fut comme si la foudre l'avait traversé de part en part, l'ébranlant jusqu'aux tréfonds de l'âme. Comme si un barrage venait de céder, libérant un torrent de sensations confuses, vertigineuses.

Richard Blade ! Il avait l'impression de renaître, de percevoir et de capter toutes les forces vitales, l'intensité des couleurs, le poids de l'air sur sa peau. De se fondre dans la lumière et d'imploser. Tout lui semblait beau. Tout était nouveau.

Tous les insoumis, un instant médusés, poussèrent une série de « hourras » et se précipitèrent vers lui. Tous voulaient le toucher. Tous parlaient en même temps, se réjouissaient de le savoir en vie. À nouveau il entendit les mêmes mots que ceux du malheureux tué par Rashir hier matin dans la forêt : « On te croyait mort ».

D'une certaine façon, parce qu'en apprenant son nom il était passé sur un autre niveau de conscience, il avait effectivement la sensation de revivre.

Gaïle, quelque peu dépassée par la tournure prise par les événements, était restée à l'écart. Elle se fraya un chemin à travers la masse bruyante des insoumis agglutinés autour de lui.

— Je le savais, dit-elle, dès que je t'ai vu. J'ai tout de suite su que tu n'étais pas un homme ordinaire.

Blade ne l'écoutait pas. Il n'entendait pas non plus les cris de ces hommes transportés de joie. Son esprit était ailleurs, perdu dans le brouillard opaque où son passé était toujours noyé.

Richard Blade... Dans sa langue, celle du pays d'où il venait, ces deux mots, clé de son identité, avaient un sens. Blade évoquait le tranchant d'une lame, d'une épée, et lui allait parfaitement. Son corps était une arme affûtée. Quant à Richard, c'était un prénom courant, celui d'un roi aussi, à qui l'on prêtait un cœur de lion. Il savait cela maintenant, mais ses souvenirs n'allaient pas au-delà.

Cette fois encore, la porte s'était seulement entrouverte.

Blade leva les bras, pour réclamer le silence. Les insoumis s'exécutèrent aussitôt, attendant pleins d'espoir le discours de celui qu'ils regardaient tous comme leur sauveur. Une armée d'anges passa, en rangs serrés.

— Je veux savoir qui je suis, ce que j'ai fait avant d'arriver sur cette île, et pourquoi je suis là ! dit-il d'une voix ferme.

Le silence se fit, plus dense encore. Dans le regard des insoumis la surprise et la perplexité avaient chassé l'enthousiasme et la joie des retrouvailles.

*

* *

Krlof devait déjà être sur leur piste. Ils avaient quitté le plateau pour aller se retrancher dans une zone d'éboulis au pied d'une colline proche. Là, Larzak, le meneur du groupe des insoumis avait commencé par lui raconter ce qu'il savait déjà, ce qu'il avait appris la veille par la bouche de Pilouk. Comment les prisonniers et les insoumis étaient transférés sur l'île, comment les Ottoks avaient été vaincus par leurs ennemis ancestraux venus des provinces du nord, avec quelques détails nouveaux qui n'avaient, pas plus que le reste, provoqué en lui la moindre résonance.

— Très peu de temps après qu'on ait abandonné la lutte, reprit Larzak, il ne restait plus que quelques foyers de résistance isolés, des groupes d'hommes désespérés qui avaient tout perdu et s'étaient réfugiés dans les montagnes autour de Lham. Tous les autres insoumis avaient été tués, ou déportés dans les îles-bagnes. Moi qui te parle, je suis ici depuis près d'une année, mais quelques-uns parmi nous ont fait partie de ces guerriers de la dernière chance, harcelés par la faim, pourchassés par les terribles Dragons aux tromblons cracheurs de mort. Ceux-là n'avaient plus d'autre choix que de se terrer. Ces hommes, tous des êtres de valeur, des exemples de courage et de dignité, étaient forcés de passer leurs journées cachés dans les grottes, et leurs nuits à tenter de grappiller un peu de nourriture à des villageois terrorisés. Chaque matin ils priaient Al Kahli, le dieu de la guerre, pour qu'un miracle vienne leur rendre la foi. Et Al Khali nous a entendus et nous a exaucés. Un miracle nous a été accordé, quand toi, Richard Blade, tu es apparu pour nous sauver.

— Apparu ? Que veux-tu dire ? demanda Blade en fronçant les sourcils.

— J'y étais ! J'étais là ! fit le jeune insoumis aux bras courts. J'étais là quand tu t'es manifesté.

— Raconte-lui, Ashren, dit Larzak.

Tout ému, le jeune Ashren, s'empressa d'obéir et entama son récit d'une voix haletante.

— Nous étions une dizaine réunis autour d'un feu. Biskra et Khaled montaient la garde à l'entrée de la grotte. Kefta, un nouveau arrivé la veille, nous racontait une embuscade montée par son groupe dans les gorges de Kahrn, où ils avaient tué une dizaine de gardes avant de se faire disperser par une unité de Fesses-Jaunes...

— Je t'en prie, le coupa Larzak, fais-nous grâce des détails. Nous n'avons pas toute la vie devant nous !

— Bon, reprit le jeune insoumis contrarié. On était tranquillement assis là, quand... quand...

Ashren hésita. Il semblait impressionné, effrayé presque, par ce qu'il avait à dire.

— Alors ? Qu'est-ce que tu attends ? le pressa Blade. Vous étiez assis tranquillement. Et après ?

— Après, toi, Richard Blade, tu es apparu. Tu étais là, complètement nu, allongé au centre du cercle, à côté du feu.

Les insoumis, fascinés bien qu'ils aient certainement déjà entendu cette histoire plus d'une fois, accueillirent ces propos d'un unanime murmure d'étonnement.

— Comme par enchantement, continua Ashren, comme si tu étais sorti de la terre, ou qu'Al Kahli lui-même t'avait fait surgir de son ventre ! Comme si tu venais du néant !

— Cela ne se peut pas ! Les choses ne peuvent pas s'être passées ainsi, objecta Blade. Rien ne peut sortir du néant !

Au fond de lui-même, pourtant, quelque chose, une voix lointaine, lui murmurait qu'Ashren était sincère, qu'il devait le croire, que cette invraisemblable révélation s'éclaircirait en même temps que sa mémoire lui serait rendue.

— Tu dis cela parce que tu ne sais pas de quel prodige Al Kahli est capable, intervint Larzak. Tu l'as oublié comme tu as oublié le reste. Il y a des mystères qui nous dépassent, nous simples humains.

Tous les insoumis semblaient de son avis. À leurs yeux, c'était clair, Richard Blade était plus qu'un simple humain. Ne voulant pas les contrarier, ou les décevoir, il décida de ranger provisoirement ses doutes dans cette case de son cerveau où s'entassaient déjà tant de questions toujours sans réponses.

— Tu dis que j'étais tout nu ? reprit-il en repensant à son réveil dans la clairière.

— Oui, aussi nu qu'un nouveau-né. Pendant un moment on est restés là, à te regarder, paralysés par la surprise et la crainte. C'est Kefta qui a réagi le premier. Pris de panique, il s'est jeté sur toi, mais tu l'as envoyé valdinguer contre la paroi, d'une simple pichenette. D'autres ont voulu te maîtriser et l'ont très vite regretté ! Tu n'as eu qu'à faire quelques gestes, avec les mains et les pieds, et ils se sont tous retrouvés étendus en moins de deux !

— Et après ? s'impatienta Blade, dérouté par un récit rendant plus troublant encore le sentiment d'étrangeté qui le gagnait.

— Après ? On a préféré parlementer. Biskra, qui avait évidemment quitté son poste en entendant les bruits de lutte, t'a demandé qui tu étais, comment tu étais arrivé là.

Gaïle, assise à ses côtés, se tourna vers lui. La tristesse de son regard n'était déjà presque plus qu'un souvenir. Une lueur nouvelle trahissait son attachement croissant pour cet homme exceptionnel, auréolé de mystère et regorgeant de force pure. Elle lui posa la main sur l'avant-bras.

— Tu ne te souviens toujours pas ? dit-elle.

Non, il ne se souvenait pas. Il revoyait la scène. La pénombre de la grotte, les visages des hommes ébahis, le combat qui avait suivi son insolite apparition. Mais de ce qui s'était passé avant ou après, il ne pouvait toujours rien dire.

Les insoumis semblaient maintenant éprouver une certaine compassion, peut-être teintée de déception, pour celui dont ils avaient fêté le retour parmi eux. Ashren poursuivit son récit.

— Tu nous as alors expliqué que tu venais d'un très lointain royaume, le royaume d'Angleterre…

L'Angleterre. Oui, c'était bien le nom de son pays ! Celui dont la couronne était portée par une femme. Et la capitale avait pour nom Landre, Lombre, ou quelque chose dans ce goût-là.

— Dont tu es un haut dignitaire, continua Ashren, un homme de guerre réputé. Et quand on t'a demandé quel était ce pouvoir extraordinaire qui te permettait de surgir du vide, comme un esprit errant, tu nous as répondu que des sorciers, dans ton pays, savaient faire voyager un homme à travers l'éther immatériel. On a eu un peu de mal à te croire, évidemment, mais il a bien fallu se rendre à l'évidence. Tu n'étais pas là, et l'instant d'après, tu étais là ! Cela, personne ne pouvait l'expliquer.

Blade se souvenait maintenant. C'était Londres. La ville d'où il venait s'appelait Londres. Une ville dont il avait quelques images nettes. Le fleuve qui la traversait, une prison près d'un pont, une tour... Mais de sa propre histoire, il ne voyait toujours rien. Quant à cette explication relative à des sorciers, même si elle était parvenue à éveiller quelques vagues souvenirs, elle ne le satisfaisait qu'à moitié.

Richard Blade se sentait étrangement partagé, comme écartelé entre une réalité impossible et un fantastique dont la logique lui échappait.

— Après, on t'a mis au courant de notre situation, continua Ashren de plus en plus excité. Un peu comme aujourd'hui, mais cette fois-là c'est Kora-Aké qui avait raconté. C'est là que tu as promis de nous aider. Tu as d'abord organisé la réunion des différents groupes d'insoumis.

— Grâce à toi, enchaîna un autre insoumis, nous n'étions plus un ensemble de bandes désorganisées, mais une véritable armée.

Quelque peu contrarié de s'être fait voler la vedette, Ashren reprit la parole.

— Sous ton commandement, et celui d'Enok à qui tu as confié la tête de la seconde unité, nous avons remporté nos premières victoires. Tu nous as enseigné des techniques de combat, entraînés au maniement de l'épée, appris à construire des pièges dans la forêt. Tu nous as même fait découvrir une arme nouvelle, la fronde. Bien sûr, contre les Dragons elle était inefficace, mais nous avons quand même remporté de grandes victoires, et les Nordiks commençaient à nous craindre.

À mesure qu'Ashren lui révélait sa propre histoire, de nouvelles portes s'ouvraient. Mais elles donnaient toutes sur des pièces sans fenêtres et sans lumière.

Gaïle profita de cette pause pour leur rappeler que Krlof avait maintenant dû se lancer sur leurs traces et qu'il serait plus prudent de ne pas trop s'attarder là.

— Elle a raison, renchérit Larzak. Nous devons regagner notre campement dans les marais. Nous y serons plus en sécurité.

Ils se remirent donc en marche.

— Et après ? demanda Blade. Comment ai-je été fait prisonnier ?

— Ça, je ne peux pas te le dire, s'excusa Ashren. Moi-même j'ai été blessé pendant la bataille de

Milabu, et je me suis retrouvé ici. C'est les gardes qui m'ont dit que tu étais mort.

— Il est arrivé il y a un peu moins d'une lune. Depuis aucun autre insoumis n'a été déposé sur l'île. Je suis désolé, mais personne ici ne pourra t'apprendre ce que tu veux savoir.

— Alors je dois quitter cette île.

— C'est impossible, dit Ashren. On ne peut pas s'évader d'une île-bagne.

— Pourquoi ne pas construire un bateau, une embarcation quelconque ? Il y a là tout le bois qu'il faut, des lianes solides. Et on trouvera bien de quoi fabriquer une voile.

Comme un gros nuage sombre traversa le regard de tous les insoumis rendus soudain maussades par sa suggestion.

— Tu ne te souviens donc pas ? fit Larzak sur un ton désabusé.

— Non... De quoi devrais-je encore me souvenir ?

— Cette île se trouve en plein milieu d'une zone de tourbillons. Pourquoi crois-tu qu'ils l'aient choisie ? Toutes les îles-bagnes, c'est pareil. Même le meilleur marin du monde ne pourrait pas passer. C'est bien pour ça qu'ils nous amènent là en Kallaara.

— Personne n'a essayé ?

— Évidemment ! fit Larzac. Y a des fous absolument partout !

Un long silence suivit, d'autant plus sombre et pesant qu'il venait ensevelir la flamme, un instant ranimée, de leur nostalgie et de ses espoirs.

Un des insoumis marchant en tête se retourna en arborant un sourire forcé.

— En tout cas, maintenant que nous t'avons avec nous, nous ne craindrons plus ce diable de Krlof !

Les autres approuvèrent bruyamment, couvrant leurs ennemis de quelques insultes saignantes.

— Il y a un moyen pour quitter cette île, intervint Gaïle restée silencieuse jusque-là. Je ne sais pas si c'est une bonne idée, mais si tu es l'homme qu'ils disent, tu y arriveras peut-être.

— Dis toujours ! À quoi penses-tu ?

— Si je te le dis, tu m'emmèneras avec toi ? fit-elle avec une lueur malicieuse dans le regard.

Il était prêt à tout pour quitter cette île. Et la compagnie de Gaïle n'était pas ce qu'il pouvait imaginer de plus désagréable.

— On a un Kallaara au village, expliqua-t-elle, capturé il y a trois mois à l'arrivée d'un nouveau. Mais encore faudrait-il que tu parviennes à le monter.

Bien sûr ! Il avait vu cet oiseau en arrivant chez Krlof. Pourquoi n'y avait-il pas pensé plus tôt ?

La proposition de Gaïle était loin de faire l'unanimité. Les insoumis y voyaient deux objections majeures. La première était que seuls les Fesses-Jaunes savaient, et pouvaient, chevaucher ces oiseaux. Ils les dressaient et les habituaient à eux dès leur éclosion. Personne d'autre n'avait jamais réussi à tenir plus de quelques secondes sur leur dos.

— Cela, j'en fais mon affaire ! répliqua Blade.

Venant de n'importe qui d'autre, cette affirmation

leur aurait paru bien prétentieuse. Mais Blade, qui avait organisé la résistance des opprimés, n'était pas un homme ordinaire. Il était le protégé d'Al Kahli.

Tous étaient prêts à le croire capable d'une telle prouesse.

— Bon, fit Larzak, admettons que tu puisses le monter le Kallaara. Comment comptes-tu t'y prendre pour le leur voler ?

Blade réfléchit un instant, dans un silence quasi religieux.

— Quel est parmi vous le plus rapide ? demanda-t-il.

Un homme leva le bras.

— Très bien, continua Blade. Tu vas rejoindre votre campement, les prévenir de l'arrivée probable de Krlof et de ses hommes, et les mettre au courant de notre plan.

Blade lui tendit son tromblon.

— Prends ça, vous en aurez besoin.

L'homme s'empara de l'arme et partit en courant.

— Attends, l'arrêta Blade, je n'ai pas encore exposé mon plan !

Quelque peu penaud, l'homme fit demi-tour dans un éclat de rire général.

— On t'avait bien dit qu'il était le plus rapide, fit Ashren hilare.

— Bien, reprit Blade. Nous, pendant ce temps, nous retournerons chez Krlof, et nous profiterons de son absence pour prendre le village.

Les insoumis le regardèrent avec des yeux ronds.

— Mais nous ne sommes pas assez nombreux,

protesta Larzak. Krlof n'aura certainement pas emmené plus de la moitié de ses hommes pour te retrouver. Peut-être moins. Même en comptant avec l'effet de surprise, nous n'y arriverons pas. Nous ne pourrons même pas approcher de la palissade !

— Tu as sans doute raison, mais je n'ai pas dit que nous passerions pas là. C'est par la falaise que nous entrerons dans le village.

Des réactions diverses accueillirent sa suggestion. La plupart des insoumis lui accordaient déjà une confiance totale et l'auraient suivi n'importe où les yeux fermés. Mais cette fois, certains se montrèrent réticents.

— Qu'on entre par devant ou par l'arrière, ça ne fera pas grosse différence. Il faudra se battre à un contre cinq, objecta le plus âgé du groupe. Ce n'est pas que j'aie peur, je suis prêt à te suivre même au péril de ma vie, mais c'est perdu d'avance ! Surtout si tu n'as plus le tromblon.

— C'est vrai, enchaîna celui auquel il avait donné son arme. Pourquoi t'en séparer ?

— Pour que Krlof s'imagine m'avoir retrouvé ! Un petit groupe d'hommes devrait suffire à le leurrer en le baladant à travers les marais, et en tirant quelque rayons de temps en temps. Tant qu'il croira pouvoir me tenir, il ne retournera pas au village. Pendant ce temps, les autres rejoindront notre groupe. Ce sont eux qui attaqueront les premiers, au lever du jour. Nous, nous serons déjà à l'intérieur et nous prendrons les prisonniers à revers.

— Ça devrait pouvoir se faire. Mais il y a un

détail qui me tracasse, intervint Larzak. Tu oublies qu'ils ont une autre de ces armes.

Blade sourit. Il avait gardé le meilleur pour la fin.

— L'autre tromblon est hors d'usage, leur révéla-t-il.

Il leur raconta brièvement la mésaventure survenue à Pilouk dans la clairière, mésaventure à laquelle il devait d'être toujours de ce monde. Lorsque les insoumis comprirent enfin que ces armes ne disposaient que d'une quantité limitée d'énergie, il enchaîna :

— J'ai quand même l'intention de récupérer le tromblon de Pilouk. Quand les prisonniers me verront avec, ils croiront forcément que c'est celui de Krlof. Vous me suivez ? Je ne pense pas qu'aucun d'entre eux, même en ayant un doute, se hasardera à vouloir vérifier son bon fonctionnement.

Larzak était de son avis. Pourtant, il semblait toujours aussi peu enthousiaste.

— Comment comptes-tu te le procurer ?

— Ce n'est pas moi qui m'en chargerai, mais elle, fit-il en désignant Gaïle.

— Ce n'est pas très prudent. Tu as vraiment confiance en cette femme ?

— Ta question est idiote, répondit-il à l'insoumis qui venait de prendre la parole. Si je n'avais pas confiance en elle, je ne lui demanderais pas cela.

Un silence gêné suivit sa remarque. Pour la première fois depuis leur rencontre, Gaïle lui sourit.

— Elle se présentera ce soir au village et prétendra m'avoir échappé, continua Blade. Son mensonge marchera si elle a l'air complètement épuisée, si Krlof sera toujours à ma poursuite.

— Et s'ils ne la croient pas ? objecta Ashren.

Gaïle était consciente du risque qu'impliquait sa mission. Mais c'était là le prix de son voyage. Le prix de sa liberté.

— Ils me croiront, dit-elle fièrement.

CHAPITRE VIII

Tout se passa exactement comme Blade l'avait prévu. Gaïle, qu'il avait obligée à courir tout le long du trajet, avait parcouru une bien plus grande distance qu'eux. Lorsqu'ils arrivèrent en vue du village, elle était pratiquement au bord de l'évanouissement.

— Tu crois que ça ira ? fit-il en lui prenant tendrement la nuque.

Sa respiration était haletante et ses yeux injectés de sang. Elle trouva pourtant la force de lui sourire. Il déposa un baiser sur ses lèvres et lui souhaita bonne chance.

Gaïle quitta la forêt où le groupe, caché dans les hautes herbes, attendit qu'elle atteigne la palissade.

— Cette fille a un sacré cran, fit Larzak en la regardant s'éloigner. Et j'ai comme l'impression que tu lui plais bien. Fais attention, Krlof risque d'être jaloux !

Blade sourit. Gaïle lui plaisait bien aussi.

— Qu'est-ce qu'elle a fait ? Pourquoi est-elle là ?

Il allait lui raconter le peu de choses qu'il savait de son histoire, lorsqu'ils la virent s'effondrer avant d'avoir atteint le village, au beau milieu du terrain déboisé. À cette distance, il leur était impossible de savoir si Gaïle avait vraiment perdu connaissance, ou si elle faisait seulement semblant.

Trois longues plaintes graves, les coups de trompe d'une sentinelle ayant aperçue Gaïle, vinrent déchirer le silence. Quelques instants plus tard, la curieuse porte-levis s'abaissa. Six hommes, en formation serrée et armés jusqu'aux dents, avancèrent prudemment jusqu'à Gaïle, la soulevèrent, et retournèrent en courant à l'abri de la palissade.

Il leur fallait maintenant espérer que les talents de comédienne de la jeune femme réussiraient à endormir la méfiance des prisonniers. Sans doute aurait-elle besoin d'un peu de temps pour mener sa mission à bien. Blade attendit donc la nuit avant de lancer les manœuvres d'approche et d'infiltration.

Les insoumis, qui connaissaient bien le village pour l'avoir construit avant d'en être chassés, lui avaient révélé que certaines des grottes se prolongeaient par des galeries débouchant de l'autre côté de la falaise, au dessus de la mer. Pour y accéder il leur faudrait contourner le village, longer la côte, et escalader la face nord de la falaise.

L'obscurité rendit l'opération plus périlleuse que prévu. Lorsqu'ils atteignirent enfin l'entrée du boyau, le groupe avait perdu un homme. Une chute de quinze longueurs sur les rochers battus par la mer en furie. Par chance, le bruit des vagues venant battre le pied de la falaise avait couvert son cri.

La galerie était étroite, tellement qu'ils durent

ramper et même par endroits creuser pour se frayer un passage. Elle aboutissait à une des grottes basses qui, par chance, se révéla déserte. L'endroit tenait plutôt de la tanière ou de l'antre que de l'habitation. Seuls deux hamacs de lianes tressées et une torche fichée dans une fissure entre deux rochers témoignaient d'une occupation humaine.

— Et maintenant ? demanda Larzak.

Dans l'ouverture se découpant à l'autre extrémité de la grotte se devinait le ciel étoilé.

— Vous restez là comme on a dit, leur rappela Blade. Moi, je vais rejoindre la grotte de Krlof où Gaïle viendra me retrouver.

Sa sortie était la partie la plus risquée de son plan. Malgré l'obscurité, il pouvait à tout moment être repéré par les villageois en contrebas.

— Dans ce cas, dit-il à voix basse, j'improviserai. Attendez un moment, et si les choses tournent mal pour moi, vous, vous repartirez par la galerie et irez prévenir les autres. Il faudra que vous soyez revenus avant Krlof pour avoir une chance de reprendre le village par la force.

— Il n'en est pas question, protesta Ashren. On ne te laissera pas y aller, c'est trop dangereux !

— Laisse-moi y aller à ta place, proposa Larzak. Tu es notre meneur, ta vie est trop précieuse. Ce n'est pas à toi de courir ce risque !

— Même si je suis capturé, je ne risque rien avant le retour de Krlof. Personne, après ce qui est arrivé au malheureux Bilak, n'osera décider quoi que ce soit avant son retour.

Ils savaient sa décision irrévocable. Son autorité et son prestige en furent grandis d'autant.

— Si quelqu'un vient..., ajouta-t-il avant de les quitter.

— Ne t'inquiète pas pour ça, le coupa Larzak, on saura quoi faire. Et sois prudent !

Tous vinrent tour à tour lui donner l'accolade et il s'éloigna vers l'entrée de la grotte.

Au pied de la falaise deux têtes dépassaient du sol près du crâne complètement nettoyé de Bilak. Krlof avait fait payer leur faute aux gardes qui l'avait laissé s'échapper. Un peu plus loin, les prisonniers agglutinés autour d'un feu écoutaient Gaïle leur faire le récit de son évasion.

L'échelle de lianes menant à la grotte de Krlof n'était qu'à trois longueurs. Blade entreprit sa reptation, plaqué comme un lézard contre la paroi et vérifiant méticuleusement toutes ses prises. Qu'un seul caillou se détache et tout était fini.

Lorsqu'il atteignit enfin l'échelle, il prit un temps de repos et en profita pour lancer un regard vers les prisonniers. Au même moment Gaïle leva les yeux vers la falaise et le vit. Était-ce une simple coïncidence ou avait-elle deviné, senti sa présence ? Il craignit un instant qu'elle n'en soit troublée et le laisse paraître. Au lieu de cela, faisant preuve d'autant de sang-froid que d'initiative, elle se leva et le plus naturellement du monde, tout en continuant son récit, alla se placer quelques pas plus loin, obligeant du même coup la plupart des prisonniers à tourner le dos à la falaise.

Cette fille avait décidément beaucoup de qualités. Le moment venu, il saurait lui dire combien il avait apprécié son initiative.

Il se hissa sans un bruit le long de l'échelle de lianes, atteignit bientôt la grotte de Krlof, s'y glissa et attendit un instant, immobile, les sens aux aguets. L'obscurité était quasiment totale. Il n'y avait aucun bruit, aucun signe de vie. Comme il fallait s'y attendre, la grotte semblait déserte. Il décida quand même d'en faire prudemment le tour pour s'en assurer.

Bien plus vaste que celle où il avait laissé les insoumis, cette grotte était aussi plus haute. Partout, malgré sa haute taille, il pouvait s'y tenir debout et autant qu'il pût en juger, le plafond était encore bien plus haut. Le mobilier, des plus rustiques, se réduisait au minimum. Quelques ustensiles de terre cuite sur des planches de bois soutenues par des branches fichées dans la paroi, deux hamacs identiques à ceux de l'autre grotte, un lit de feuillage au centre, près d'un foyer où des morceaux de viande calcinée, à moitié enfouis dans la cendre, témoignaient d'un départ précipité. Il y découvrit aussi, dans le fond, tout un stock de lianes et un véritable dépôt d'armes de toutes sortes. Sans doute celles des victimes de Krlof, gardées comme de précieux trophées de guerre.

Blade retourna près de l'entrée, s'assit dans l'ombre et attendit. C'était le premier moment de calme et de solitude depuis sa rencontre avec les insoumis, après qu'il eût à son réveil constaté la disparition de Gaïle. Le trou noir de son passé perdu profita de ce temps mort pour revenir le hanter, grignoter ses pensées. Mieux armé cette fois, il pouvait lui opposer non seulement l'éclat de son nom tout neuf, mais aussi l'espoir de bientôt pouvoir quitter l'île et de retrouver ses souvenirs en marchant dans ses propres traces.

L'échelle de corde se mit à bouger. Quelqu'un montait. Gaïle probablement. La prudence lui conseilla néanmoins de rester caché dans l'ombre. Bien lui en prit car une épaisse tignasse bouclée apparût bientôt, puis un visage massif qu'il distinguait mal. Cet invité surprise se hissa péniblement au sommet de l'échelle. Son haleine empestait le brizz. Bientôt des épaules massives émergèrent à leur tour et, brusquement, l'homme redescendit et disparut. Sans doute avait-il glissé. Le problème était réglé sans que Blade ait eu à s'en occuper, mais cette chute risquait d'attirer l'attention, peut-être même d'éveiller les soupçons et pousser d'autres prisonniers à monter. Il allait s'approcher du bord de la falaise pour jeter un œil en bas lorsque l'homme, qui avait dû *in extremis* se raccrocher à la mince échelle de lianes, réapparut et parvint cette fois, péniblement, à se hisser à l'intérieur de la grotte. Pas un seul instant il ne se douta de la présence toute proche de Blade épiant dans l'ombre le moindre de ses gestes.

C'était un homme massif, à la musculature puissante. Il rampa sur plus d'une longueur avant de se risquer à la station verticale puis, d'une démarche quelque peu oscillante, s'enfonça dans l'obscurité de la grotte, vers le tas d'armes. Ce visiteur n'était en fait qu'un simple voleur profitant de l'absence de Krlof pour venir lui dérober ses affaires. Sans doute le brizz lui avait-il donné le courage de commettre un forfait aussi audacieux.

Blade s'approcha doucement et lui tapa sur l'épaule. L'homme se retourna. Un sourire béant ornait son visage de brute stupide.

— Je crois que tu t'es trompé d'étage, dit-il en le projetant d'un puissant direct du talon contre la paroi de la grotte.

Le cerveau embrumé du voleur venait de le reconnaître lorsque sa tête cogna contre la roche avec un bruit mat. Blade vérifia qu'il ne lui poserait plus de problème et retourna à son poste près de l'entrée.

Quelques instants plus tard, les lianes de l'échelle tremblèrent à nouveau. Cette fois ce devait être Gaïle. Il s'attendait donc à voir apparaître le casque noir de sa courte chevelure brune. Au lieu de cela, il vit émerger au dessus du plancher de la grotte un crâne blond et de longues mèches encadrant un visage anguleux, celui de Pilouk. Gaïle suivait.

Blade attendit qu'ils soient à l'intérieur de la grotte pour s'occuper de neutraliser Pilouk, mais la jeune femme le devança. Elle prit la tête de son compagnon à deux mains et l'attira contre elle pour lui offrir un fougueux baiser. Pilouk devait déjà s'imaginer sur l'avant-dernière marche du septième ciel, lorsqu'un violent coup de genou le fit rapidement redescendre de son nuage rose. Il tomba comme une masse, la bouche grande ouverte, autant par la surprise que par la douleur et le manque d'air. D'une violente manchette à l'arrière de la nuque Blade mit fin à sa souffrance en le renvoyant dans ses rêves.

— Cet imbécile ne voulait pas se séparer de son tromblon, expliqua Gaïle. Alors j'ai été obligée de l'attirer ici avec des promesses. Lui au moins, il n'a pas refusé !

— Est-ce quelqu'un vous a vus monter ? fit-il, préférant ne pas relever l'allusion.

— Non, je ne crois pas.

Elle se pencha sur le corps de Pilouk. L'arme était bien dans son étui. Elle la prit et la lui tendit.

— À toi de jouer, Richard Blade ! fit-elle en venant se lover entre ses bras.

*

* *

Épuisée par la séance de course forcée qui lui avait permis de donner le change auprès des prisonniers, Gaïle s'était quasiment endormie debout. Il l'avait portée jusqu'au lit de feuillage, près du foyer, et avait monté la garde tout le restant de la nuit à l'entrée de la grotte.

Il en profita pour examiner le tromblon hors d'usage de Pilouk. Cette arme était pour lui un double mystère. Les insoumis prétendaient avoir trouvé les deux tromblons dans la forêt. Comment ces armes étaient-elles arrivées là ? Se pouvait-il que des Fesses-Jaunes les aient perdues en survolant l'île ? Pourtant seuls les Dragons, ces hommes prétendus invulnérables, étaient censés en posséder.

L'autre mystère, bien plus déroutant pour lui, concernait non pas leur présence sur l'île, mais leur fonctionnement. Comment de la lumière pouvait-elle sortir de ce tube et traverser un homme ? Seul le feu pouvait produire de la lumière. Le soleil et les éclairs aussi, mais ces phénomènes dépassaient l'entendement humain. Pourtant quelque chose au fond de lui, une petite voix étrangère, lui disait qu'il pouvait expliquer tout cela, qu'il savait des choses que les autres hommes ignoraient. Il savait d'où venait cette lumière, comment un rayon lumineux pouvait apparaître, transpercer la matière, et disparaître. Il le savait sans pouvoir le dire. Toutes les réponses étaient là, mais leur accès lui était refusé. Cette sensation d'impuissance était pire que la cécité.

Bientôt, quand il aurait quitté cette île, tout deviendrait clair. Cela aussi, la petite voix le lui disait.

Sans doute s'était-il légèrement assoupi à l'approche du jour, car une série de coups de trompe le fit sursauter. Les sentinelles sonnaient l'alarme. Immédiatement opérationnel, il rampa jusqu'au bord du vide et observa le village en contrebas où la pagaille était totale. Tous les habitants sortaient en hurlant de leurs huttes, lançaient des ordres contradictoires, se ruaient en désordre vers la palissade de troncs.

Le gros des insoumis avait atteint le village.

Les autres étaient probablement encore occupés à promener Krlof et ses guerriers à travers les marais. Jusque là, son plan se déroulait exactement selon ses prévisions. Il réveilla Gaïle. Encore dans un demi-sommeil et ayant sans doute oublié la gravité de la situation, elle l'enlaça pour l'attirer contre elle.

— Désolé, s'excusa-t-il, mais ce n'est toujours pas le moment. Les insoumis sont arrivés. Ils attaquent le village. Je dois aller retrouver Larzak et les autres. Ça risque d'être dangereux. Tu préfères peut-être rester là ?

— Il n'en est pas question, répondit-elle, maintenant complètement éveillée. C'est même moi qui vais aller les prévenir. Ce serait plus prudent, tu ne crois pas ?

Un instant plus tard, tous se retrouvaient au pied de la falaise. L'endroit était complètement désert.

— Il me faudrait une trompe, dit Blade. Pour attirer leur attention puisque je ne peux pas me servir du tromblon.

— Je m'en charge, décida d'autorité Gaïle.

— D'accord. Deux d'entre vous resteront avec moi. Les autres, divisez-vous en deux groupes et passez par les côtés. On se rejoindra face à la porte-levis. Vous êtes prêts ?

Ils auraient hurlé leur impatience d'en découdre s'ils n'avaient pas été contraints au silence. Le regard enflammé par la perspective du combat et l'espoir de la victoire, ils se contentèrent de lever leurs armes en signe d'allégeance.

De sa main armée du tromblon hors d'usage, il donna le signe du départ. Le sort en était jeté.

Ce jour-là, les Pouwhs restèrent sur leur faim. La victoire fut acquise sans que ne soit versée la moindre goutte de sang. Blade et les insoumis infiltrés arrivèrent sans se faire repérer jusque dans le dos des prisonniers occupés à défendre la palissade. Leurs mines ahuries lorsqu'ils se retournèrent, alertés par les vigoureux coups de trompe de Blade, avaient quelque chose de risible. Ils découvraient en même temps la masse compacte des insoumis, la trahison de Gaïle, la présence de Blade qu'ils croyaient à l'autre bout de l'île, et surtout, dans sa main, l'arme terrifiante pointée sur eux.

— Vous êtes perdus. Rendez-vous, déposez vos armes ! Vous aurez la vie sauve, lança-t-il d'une voix forte.

Quelques insultes fusèrent, principalement destinées à Gaïle, après que les prisonniers eurent compris qu'ils s'étaient fait berner. Puis un lourd silence retomba sur le champ déboisé.

À l'extérieur, l'autre groupe d'insoumis, devinant ce qui se passait dans le village, en profita pour se ruer jusqu'au pied de la palissade. Un instant plus tard la porte-levis s'abaissait, comme poussée par l'immense cri jailli de la poitrine des vainqueurs.

Blade eut en revanche beaucoup plus de mal à venir à bout du Kallaara. Quatre fois il grimpa sur le dos de l'oiseau, et quatre fois il en fut éjecté, par un brusque écart de sa monture, sous les regards amusés de ses amis. Le Kallaara lui-même semblait avoir le sourire au bec. Seule Gaïle, qui voyait ses chances de quitter l'île s'amenuiser à chacun de ses essais infructueux, faisait une triste mine.

— Sans vouloir t'offenser, Richard Blade, lui dit Larzak accoudé à l'enclos, à ta place j'abandonnerais avant de m'être rompu les os !

— Je veux bien te croire, lui rétorqua Blade en se relevant pour la cinquième fois. Mais tu n'es pas à ma place, et s'il y en a un qui doit abandonner, ce sera cet oiseau de malheur. Foi de Blade, je parviendrai à le monter ! Même si je dois y passer le restant de mes jours !

Après un nouvel essai infructueux, Blade décida de s'attacher au Kallaara par une liane fixée à ses chevilles et faisant le tour du poitrail de l'animal. Même cela ne suffit pas à le maintenir en selle. Au lieu de l'éjecter par un saut cabré comme il l'avait fait jusque là, l'oiseau, cette fois, le fit passer par dessus son encolure et il ne dut qu'à sa souplesse de ne pas se briser la nuque comme le lui avait prédit Larzak.

— Tu n'as rien ? s'inquiéta Gaïle en se précipitant vers lui.

Il la rassura. Il n'avait que quelques écorchures, mais les Pouwhs n'allaient pas tarder à pointer le bout de leurs antennes rétractiles.

— Tu dois arrêter pour aujourd'hui et attendre que tes plaies soient cicatrisées.

— Je t'avais prévenu, lui dit Larzak tandis qu'il enjambait l'enclos. Tu n'y arriveras pas, malgré toute ta volonté. Seuls les Fesses-Jaunes peuvent monter ces bestioles. C'est comme cela, personne n'y peut rien.

À ces mots le visage de Blade s'illumina. Il venait de trouver le moyen de se faire accepter par l'oiseau transporteur.

CHAPITRE IX

Le vent chargé d'embruns fouettait leurs visages. Sous le soleil oblique la mer scintillait, à perte de vue, de myriades de feux éphémères. Battant au rythme des ailes du Kallaara, leurs cœurs s'enivraient de cette liberté nouvelle.

— C'est merveilleux, lui glissa-t-elle dans le creux de l'oreille. Je n'aurais jamais cru possible de connaître un tel bonheur.

Gaïle, assise derrière lui sur le tapis de plumes jaunes, lui enserra plus fort encore la taille, ferma les yeux, et se laissa porter par la merveilleuse impression de flotter dans le vide.

Blade avait finalement réussi à amadouer le Kallaara, à se faire accepter par lui, tout simplement en frottant son pantalon sur les plumes de son encolure, assez longtemps pour en jaunir le fond. Têtu mais pas très futé, l'oiseau l'avait alors pris pour un Fesse-Jaune, un de ces hommes auxquels il avait été familiarisé dès sa naissance, et s'était laissé monter sans opposer la moindre résistance.

Lorsque, pour s'habituer à l'animal et s'initier au vol dirigé, Blade effectua un courte séance d'essai, il sut qu'il avait déjà volé. Non pas lors de son transfert sur l'île, mais dans un passé plus lointain. Comme dans un rêve brumeux, il s'était vu, tandis que le sol s'éloignait, accroché à un grande aile de tissu. D'autres sensations étaient remontées des profondeurs obscures. D'autres souvenirs de vol. Cette fois, il n'était ni suspendu dans le vide, ni sur un oiseau, mais *dans* quelque chose, dans une machine plus légère que l'air ! Une machine qui avait elle-même la forme d'un oiseau immense et brillant, aux ailes toujours déployées...

Un nouveau mystère venait s'ajouter aux autres, qu'il décida d'oublier pour pleinement profiter de ces instants d'une beauté magique.

À son retour, Gaïle s'était précipitée dans ses bras en larmes. Elle avait craint pour lui. Puis, après une longue et émouvante cérémonie d'adieux, au cours de laquelle Blade fit solennellement aux insoumis le serment de revenir les tirer de cette île, ils s'étaient installés sur le large dos de l'oiseau et avaient bouclé leurs harnais. Enfin, portés par les hourras, les cris de joie et d'espoir, ils s'étaient envolés vers leur destin.

Lentement d'abord, tandis que le Kallaara peinait pour prendre de la hauteur, puis plus rapidement, le village disparut derrière eux.

Bientôt l'île ne fut plus qu'une tâche verte sur le bleu de la mer, un point dans sa mémoire toute jeune. Le reste de son passé lui faisait face, l'attendait à l'autre bout de la mer. Il allait à sa rencontre comme un mortel approchant d'une déesse vierge et nue. Il entrerait en elle, elle pénétrerait en lui. Alors toutes les questions qui n'avaient cessé de le harceler depuis deux jours s'évanouiraient dans la lumière de sa conscience neuve et entière.

Au moment du décollage, quand le sol s'était dérobé sous eux, Gaïle, tremblante d'appréhension, s'était agrippée à lui en murmurant un chapelet de mots couverts par le bruit du vent et le battement régulier des ailes de leur monture. Trop fière pour admettre son inquiétude et ses craintes, elle lui dit avoir été surprise par le froid.

Maintenant, après avoir dominé la peur du vide, elle goûtait pleinement aux joies du vol.

« Il est temps, se dit Blade, d'ajouter aux plaisirs de ce voyage, ceux d'autres transports ».

— Mais qu'est-ce que tu fais ? Tu es fou ! s'écria-t-elle en le voyant défaire son harnais.

Le Kallaara avait un vol absolument rectiligne et régulier, sans à-coups ni inclinaison. De plus son dos était assez large pour permettre le genre d'acrobatie auquel il avait décidé de se livrer.

— Je t'en prie, arrête ! l'implora Gaïle. Tu me donnes le vertige !

— C'est exactement ce que je veux, dit-il en se glissant derrière elle.

Comprenant ses intentions elle cessa de protester mais n'en fut pas rassurée pour autant.

— Ce n'est pas prudent ! murmura-t-elle la tête renversée en arrière tandis qu'il lui enlaçait la taille.

Pour ne pas abîmer le charme aérien de cet instant, parce qu'il savait quelles souffrances Gaïle avait dû endurer auprès du bestial Krlof comme avant de le rencontrer, et aussi parce qu'il en avait tout simplement envie, il se fit aussi tendre qu'il put. Ses mains remontèrent sous le gilet de cuir, jusqu'à ses seins fermes aux pointes durcies par la fraîcheur de l'air. Par de douces et savantes caresses il explora son corps frémissant d'un plaisir attisé par ses efforts pour lutter contre le vertige.

Bientôt cambrée et le visage grimaçant sous les assauts acérés du désir, Gaïle gémissait d'impatience. Il se pencha sur sa nuque pour y déposer un collier de baisers légers comme des tourbillons d'espoir. Sa main glissa lentement jusqu'à son sexe ruisselant, qui s'accorda en ondulant au rythme de ses effleurements.

Il pesa légèrement sur elle. Elle résista d'abord un instant, pour mieux sentir dans son dos la dureté du membre tendu par leurs désirs partagés, puis répondant à ses aspirations, elle s'allongea sur le corps de l'oiseau. Le chatouillement des plumes sur sa joue, son cou et sa poitrine, vint s'ajouter aux délices de ses caresses et de celles du vent. Portée par un plaisir aigu à en pleurer, elle arriva au seuil de l'extase.

— Oh, Richard, Richard..., gémit-elle. Maintenant, viens !

Prenant son désir pour un ordre, il lui saisit les cuisses, glissa délicatement en elle. Et tandis qu'il sentait l'écrin de chair accueillir son sexe avide, toute une partie de son passé choisit ce moment pour resurgir...

Un nouveau torrent d'images l'envahit sans prévenir. Il se revoyait dans d'autres bras, dans d'autres femmes. Des dizaines de visages aux yeux brillants tournoyaient devant ses paupières closes. S'agissait-il de vrais souvenirs, ou bien tous ces visages n'étaient-ils que le fruit de son imagination enflammée par la voluptueuse brûlure du sexe ardent de Gaïle ?

Il y avait un temps pour tout. Celui-là n'était pas aux questions. Par de vigoureux coups de reins, auxquels Gaïle répondait par de courts râles rauques, il chassa un à un ces visages fantomatiques.

Pendant ce temps, insensible à leurs bouillants ébats, le Kallaara poursuivait imperturbablement son vol vers le soleil couchant.

*

* *

Une bande verte et brune barrait l'horizon. La terre était en vue. Le Kallaara raidit ses ailes en les obliquant légèrement vers le haut pour entamer son approche.

— Cramponne-toi, on va descendre ! cria Blade pour couvrir le bruit du vent devenu plus violent.

Gaïle ne se le fit pas dire deux fois. Ayant repris sa place derrière lui, elle se plaqua contre son dos, ferma les yeux et lui enserra la taille. Elle ne se sentait pas plus rassurée qu'au décollage et le froid la faisait trembler, mais le souvenir encore brûlant des instants de bonheur extrême qu'elle venait de vivre suffit à l'apaiser.

À mesure qu'ils piquaient à grande vitesse vers le rivage, Blade, en même temps que la pression agissant sur ses tympans, sentit son pouls s'accélérer. Déjà, il apercevait les champs, les chaumières aux toits noirs et un troupeau d'une douzaine de Kallaaras dans un enclos, exactement comme dans son souvenir lorsque Pilouk lui avait pour la première fois parlé de son transfert.

Le Kallaara avait écarté ses plumes. Les ailes maintenant légèrement pointées vers le sol et battant plus vite, les pattes tendues vers l'avant, il s'apprêtait à prendre contact avec la terre, son autre élément.

— Dès qu'on sera arrivés dans l'enclos, tu sautes, et tu restes couchée, sans bouger ! C'est compris ?

— Je ferai comme tu dis. Mais pourquoi ? Que crains-tu ? Le village est désert...

— C'est justement ce qui m'inquiète, dit-il en serrant le harnais de cuir.

L'atterrissage, que le Kallaara prolongea par une courte course pour freiner son élan, se fit moins en douceur que le vol. Après avoir été brinquebalés sur une dizaine de longueurs, ils sautèrent ensemble et roulèrent dans l'herbe. Les autres oiseaux, arrivant tous au petit trot en piaillant pour accueillir leur congénère, faillirent les piétiner. Ils dodelinaient de la tête et agitaient leurs ailes en poussant leurs cris de joie. Le troupeau, à l'évidence, faisait la fête au nouveau venu !

Il y avait une petite cabane de planches près de la clôture, côté mer.

— Nous allons courir jusque là-bas, dit-il en la lui indiquant du doigt. Reste derrière moi !

Ils arrivèrent sans encombre près de la cabane qui se révéla être un entrepôt encombré d'ustensiles de pêche, de barriques vides et d'outils. Plusieurs harnais de Kallaaras étaient accrochés aux cloisons. Dans un vieux coffre de bois vermoulu il trouva une machette au tranchant particulièrement effilé.

— Cette arme me suffira, dit-il en lui faisant faire quelques moulinets rapides. Toi, tu garderas l'arbalète. Si je ne reviens pas, reste cachée jusqu'à la nuit et quitte cet endroit !

Il se pencha en souriant vers son visage, pour déposer sur ses lèvres un tendre baiser dont le souvenir l'aiderait à meubler son attente.

— Qu'Al Kahli te protège ! murmura-t-elle dans le silence qui suivit son départ.

Le hameau comportait une dizaine de baraques, dont l'une était complètement calcinée. Blade visita prudemment les plus proches, qui se révélèrent désertes. À l'intérieur, tout était encore en ordre, comme si les habitants avaient dû précipitamment quitter les lieux, en abandonnant leurs affaires derrière eux. Dans la dernière des maisons, il y avait des couverts de terre cuite sur une table, avec de la nourriture encore fraîche. Ceux-là avaient même dû interrompre leur repas. Nulle part pourtant il n'y avait de traces de lutte. Tout était en ordre. Redoublant de prudence, il rejoignit la cabane où Gaïle devait l'attendre dans la pénombre.

— Le village a été abandonné, dit-il, il y a peu de

temps. Il faut quitter cet endroit. Tout cela ne me dit rien de bon. J'ai l'impression qu'on était attendus.

— Comment est-ce possible ? s'étonna Gaïle. Personne ici ne pouvait être au courant de notre évasion !

— Si on veut vivre assez longtemps pour avoir une chance d'éclaircir tous ces mystères, il faut quitter cet endroit, dit-il. Tout de suite. Reste derrière moi, et ouvre l'œil. Si tu vois quelque chose, pas un mot. Nous communiquerons par signes.

Il assura la machette dans sa main, ouvrit la porte. La cabane en fut comme embrasée par le soleil rougeoyant.

Debout dans la lumière, à deux longueurs de la porte, un homme lui faisait face, trapu et chauve, au visage totalement inexpressif. Dans sa main gauche il tenait un tromblon. Immédiatement il sut qu'il se trouvait devant un de ces redoutables Dragons !

Sans réfléchir, Blade poussa Gaïle à terre en repoussant le battant et plongea sur le côté, évitant de justesse un rayon de lumière jaune qui traversa la pièce en sifflant et perfora la porte et la cloison opposée. Un second sifflement strident suivit aussitôt. Le rayon avait cette fois transpercé le mur de rondins et creusé un profond cratère dans le sol de terre battue exactement à l'endroit où Blade aurait dû se trouver. Mais déjà il avait roulé jusqu'à la porte et bondi sur ses jambes.

La cabane commençait à prendre feu.

Terrée dans le coin opposé, derrière un gros baril, Gaïle arma son arbalète, engagea une flèche.

À travers le trou dans la porte Blade vit le Dragon approcher d'une démarche mécanique. Cet homme à demi nu au regard vide avait vraiment l'air d'un mort vivant. Sur ce point au moins les choses étaient bien comme on les lui avait dites. Serait-il aussi vraiment invulnérable ?

D'un violent coup de pied, le Dragon projeta la porte à l'intérieur de la cabane. Blade bondit en hurlant. Le tromblon cracha un troisième rayon mortel qui manqua complètement sa cible. Et pour cause. D'un terrible coup de machette, Blade venait de lui trancher la main.

Gaïle ne fut pas en reste. N'écoutant que son courage, elle avait plongé vers la porte, dans les pieds du Dragon qui observait son moignon du même regard inexpressif. Sa flèche partit en sifflant et pénétra sous le menton du zombie, jusqu'à l'empennage.

Le Dragon s'affaissa sur ses genoux, se mit à trembler de partout et à secouer sa tête, de plus en plus fort, en poussant de lugubres grincements, des hurlements courts et stridents d'une agonie qui n'en finissait plus. On l'aurait dit habité par mille démons enragés se disputant une âme purulente. Sur tout son corps, la peau se boursouflait, comme la surface d'un liquide en ébullition et, tandis que ses yeux liquéfiés coulaient sur ses joues, une fumée verdâtre lui sortit par les oreilles et la bouche.

Gaïle, qui s'était relevée, vint se blottir dans les bras de Blade. Tous deux ébahis, assistaient à la mort lente et troublante de cet homme dont les hurlements et les tremblements s'amplifiaient, s'accéléraient. Soudain, dans un sursaut de vie, le Dragon saisit la flèche de sa main valide, la retira d'un geste sec, et s'affala face contre terre.

Tout était fini. L'homme était mort. Pilouk s'était trompé, les Dragons n'étaient pas invulnérables... Il n'est pas dans la nature de créatures invulnérables. Toutes ont leur prédateur.

Gaïle, à son tour, fut prise de tremblements. Ses nerfs lâchaient.

Une épaisse fumée noire avait envahi la cabane. Le feu commençait à gagner.

Soudain, le corps inerte du Dragon se mit à bourdonner, à émettre un léger bruit, comme un grésillement. Blade fut aussitôt alerté par une intuition, une certitude remontée d'un passé toujours enfoui et l'avertissant d'un nouveau danger... Le Dragon allait exploser !

— Vite ! Il faut sortir ! cria-t-il en entraînant Gaïle.

D'autres mauvaises surprises pouvaient les attendre dehors, mais il savait ne pas avoir le choix.

Derrière eux, tandis qu'ils s'éloignaient de la cabane en courant, il y eut une énorme explosion, dont le souffle les projeta au sol. De la terre et des morceaux de bois enflammés retombèrent tout autour d'eux.

Dans l'enclos proche, les Kallaaras, pris de panique, s'étaient mis à glapir en tentant vainement de prendre leur envol.

Blade se releva et repartit en courant vers la

cabane en flammes. Il ramassa une planche encore intacte et, sous le regard ébahi de la jeune Ottok, se mit à fouiller dans les décombres ardents. Bientôt il trouva ce qu'il cherchait, le moignon à demi calciné du Dragon, serrant toujours entre ses doigts crispés la poignée du tromblon.

— Tu crois qu'il fonctionne encore ? lui demanda Gaïle venue le rejoindre.

S'aidant de la machette il parvint à déplier les doigts, dégagea l'arme et fit un essai. Le canon cracha une gerbe d'étincelles en éructant. Un chuintement ridicule qui fit sourire Gaïle. Puis plus rien.

— Il fallait s'y attendre, fit Blade en se débarrassant de l'arme inutile sous le regard déçu de sa compagne. De toute façon, ce n'est pas elle que je suis venu chercher, mais cette main. Regarde !

Sur le poignet sectionné il n'y avait pas la moindre trace de sang. Là n'était pourtant pas le plus étonnant. L'intérieur du moignon n'était pas fait de chairs et d'os, mais de pièces de métal entre lesquelles couraient de minces fils de couleurs vives.

— Mais... mais ce... ce n'est pas... ce n'est pas un homme, balbutia Gaïle pétrifiée. Ce Dragon n'était pas un homme ! C'est un démon ! Un envoyé d'Izanaki, le Maître du Tonnerre !

Effrayée par sa propre déduction, elle recula d'un pas.

— Non, Gaïle. Ce n'est pas un homme, mais ce n'est pas un démon non plus, ni l'envoyé d'aucun dieu, dit-il d'une voix calme.

Un nouveau pan de sa mémoire venait de

s'écrouler, comme les barrières de l'enclos sous les coups de boutoir des oiseaux effrayés. Fuyant d'un même élan, le troupeau de Kallaaras libérés prit son envol et disparut derrière le nuage de fumée qui s'élevait dans le ciel rougeoyant.

— C'est un robot, un homme-machine ! dit-il sûr de lui.

CHAPITRE X

Il n'avait pas eu à lui expliquer ce qu'était un robot. Elle l'avait intuitivement compris en découvrant le moignon truffé de mécanismes et de matériaux qu'elle n'avait jamais vus. De plus Blade était perdu dans ses pensées. Même pour satisfaire sa curiosité, elle ne l'aurait pas dérangé.

Bien avant de retrouver la main sous les décombres enflammés, il avait su ce qu'était en réalité ces hommes appelés ici des Dragons. Il l'avait deviné quand sa machette avait tranché le poignet. Parce qu'il avait senti une résistance anormale, plus importante que celle à laquelle il s'était attendu. Et aussi parce qu'il n'y avait pas eu de sang. Pas la moindre goutte n'avait coulé de la plaie ni tâché sa machette !

Ces hommes-machines, ces robots ou ces Dragons, quel que fût le nom qu'on leur donnait, ne laissaient pas de l'intriguer. Mais quelque chose le troublait pourtant plus encore que l'insolite et anachronique présence de ce robot, le fait qu'il ait pu le nommer, qu'il ait su à quoi s'en tenir sans être réellement surpris ni déconcerté. Avait-il été initié à certains secrets ? Ou bien avait-il déjà vu de ces hommes-machines dans son propre pays ? Rashir et Pilouk lui avaient dit que les Dragons étaient apparus pour la première fois cinq ans plus tôt. D'où étaient-ils venus ?

Il se sentait coupé en deux, une partie de lui même sachant des choses que l'autre ignorait. Plus il en apprenait, plus il faisait de découvertes, et plus le brouillard au travers duquel il avançait se faisait épais. Si bien que même en étant maintenant maître de son destin et libre d'aller où il voulait, il se sentait toujours aussi prisonnier, entravé.

— J'ai faim, dit Gaïle, le tirant de ses pensées.

Passant en revue les mystères non encore résolus, il en vint, de fil en aiguille, à s'interroger sur un autre point qui lui avait jusque là échappé. Lorsqu'il il avait repris conscience dans la clairière, trois jours plus tôt, il avait une plaie à la tempe et plusieurs écorchures sanguinolentes. Comment expliquer dans ces conditions que les Pouwhs ne se soient pas attaqués à lui, alors qu'ils étaient censés sentir une goutte de sang à une porté d'arc ?

— Hou hou. ! Tu m'entends ? J'ai faim, je mangerais bien quelque chose, insista Gaïle.

— Moi aussi, enchaîna cette fois Blade. Mon estomac est aussi cruellement vide que ma mémoire. Il y a de la nourriture dans ces maisons. Allons nous restaurer, nous partirons à la nuit tombée.

*

*   *

Le pain était un peu sec, mais encore bon. Gaïle lui servit une pleine louche d'une mixture ayant l'allure et l'arôme d'un ragoût. Le genre de plat encore meilleur froid, quand la viande est légèrement faisandée.

— Je dois me rendre à Lham. Pour retrouver des hommes qui m'auraient connu, et boucher ce trou d'une vingtaine de jours qu'Ashren a laissé dans mon histoire.

— Cela suffira, tu crois, à faire aussi revenir ton passé plus lointain ?

— Je n'en sais rien, Gaïle. Peut-être. Autant que je m'en souvienne, je n'avais encore jamais perdu la mémoire.

Elle sourit. Un silence suivit, tandis qu'elle se servait. Puis elle se figea, son regard se perdit dans le vague et son visage retrouva cette air mélancolique qu'il avait cru oublié.

— Tu ne manges pas ? Je croyais que tu avais faim.

— La vie est vraiment drôle, dit-elle d'une voix triste.

— C'est une façon de voir les choses…

— Je me disais que toi, tu es prêt à risquer ta vie pour récupérer ton passé. Alors que moi, je donnerais tout pour l'oublier, pour n'en garder que notre traversée et ces moments passés ensemble, là-haut, dans le ciel.

À nouveau le silence revint, porteur cette fois de souvenirs encore brûlants, plus agréables. Il se leva, prit son écuelle et alla se poster près de la porte pour surveiller l'extérieur.

— Et toi, que comptes-tu faire ? Tu n'es pas obligée de me suivre.

— Je le sais. Mais j'irai quand même avec toi. J'ai moi aussi un homme à retrouver.

Elle avait maintenant les yeux brillants, d'une haine qu'il ne lui avait vue qu'une fois, lorsqu'elle lui avait raconté son histoire. Quatre hommes l'avaient violentée. Elle en avait tué trois. Sans doute faisait-elle allusion au dernier…

— La vengeance n'est pas le meilleure moyen d'oublier ce qui t'es arrivé, dit-il. Au contraire. En tuant ce garde, tu ne feras qu'ancrer définitivement cette histoire en toi.

Elle réfléchit un instant puis se tourna vers lui en souriant.

— Tu as raison, fit-elle. Je ne le tuerai pas. Je me contenterai de le castrer !

*

* *

Ils marchaient en silence le long de la plage. La lune, aux trois quarts pleine, donnait à la mer des reflets d'argents. Elle aussi le renvoyait à sa propre histoire. Sa lumière venait du soleil absent, caché de l'autre côté de la terre. De même, c'était son passé oublié, encore souterrain, qui redonnerait à sa vie tout son sens. Pour l'instant, il se sentait un peu comme un astre mort, gravitant autour de la vérité sans pouvoir l'atteindre.

Mais le moment approchait où il retrouverait son

intégrité. Plus le temps passait, et plus il en était certain.

— Lham est à combien de temps d'ici ? demanda-t-il.

— Je ne sais pas, je n'ai jamais fait ce trajet à pied. Une journée. Peut-être plus, peut-être moins. Je ne sais même pas si la côte est le chemin le plus court. Il me semble que le Kallaara qui m'a emmenée sur l'île avait traversé les terres. Mais tout cela est si loin…

— Pourquoi veux-tu y aller ? reprit-elle après un bref silence. Ce n'est pas la ville la plus proche, autant que je m'en souvienne. Et c'est là qu'il y a le plus de gardes, de Fesses-Jaunes et de Dragons. On a peut-être intérêt à commencer par des endroits moins ou mieux fréquentés, non ?

Pour toute réponse, Blade lui demanda si elle avait entendu parler des labyrinthes.

— Évidemment. Pourquoi cette question ?

— Quelque chose me dit que c'est là que je trouverai la clé de tous les mystères qui m'encombrent l'esprit, de tous…

Blade s'interrompit brusquement, lui saisit le bras et lui fit signe de se taire. Il venait d'apercevoir là-bas, sur le sable, une masse sombre. À demi courbés, ils coururent vers la barrière de rochers longeant la plage. Le vent, s'il ne tournait pas, cacherait leur odeur.

La masse sombre allait et venait tranquillement, de la mer aux rochers proches, comme si elle cherchait quelque chose dans le sable. Ce n'était en fait qu'un Kallaara, qui fouinant le sol à coups de bec à la recherche de nourriture. L'oiseau tourna la tête vers eux, les aperçut, mais se laissa approcher sans réagir.

— C'est celui qui nous a amenés ici ! s'exclama Gaïle après l'avoir examiné.

— Tu peux les distinguer ? C'est nouveau, ça ! s'étonna-t-il. Je ne te savais pas aussi observatrice.

— Tu oublies que j'ai eu le nez sur ses plumes pendant une bonne partie de la traversée, fit-elle d'un air coquin.

L'oiseau, sans doute fatigué par ses récents efforts et la double charge supportée durant de longues heures, n'avait pas pris la fuite comme les autres lors de l'explosion de la cabane.

— Grâce à lui, on pourrait gagner pas mal de temps. Mais il nous faudrait un harnais.

— On s'en passera. Il n'est pas question de retourner au village.

— Comme tu voudras, concéda Gaïle. Alors vas-y. Qu'est-ce que tu attends ? Essaie donc de l'attraper.

Cette fois le Kallaara ne se laissa pas faire. Peut-être parce que dans la pénombre il ne pouvait voir le fond jaune du pantalon de Blade. Dès qu'il fut sur son dos, l'oiseau le désarçonna d'un simple soubresaut et s'éloigna de quelques pas. Un étrange ballet commença alors, au clair de lune, sur la plage déserte. Chaque fois que Blade approchait, le Kallaara se mettait hors de portée, l'attendait, puis s'écartait à nouveau. Ou alors, lorsqu'il courait derrière lui, il se mettait à zigzaguer et à tourner en rond.

Assise dans le sable, Gaïle suivait leurs manèges en riant.

— Qu'y a-t-il de drôle ? Tu devrais plutôt venir m'aider !

— Vous avez l'air de si bien vous amuser, je ne veux pas vous déranger !

Blade arrêta sa drôle de chasse et se tourna vers elle, faussement irrité, le corps luisant de sueur. Gaïle la main devant la bouche pouffait de rire.

— Je crois que notre Kallaara est fatigué, et qu'il a plutôt envie de jouer. Tu ne crois pas ?

Elle était si belle, sa gaieté faisait plaisir à voir et la rendait si désirable. Blade décida de remettre à plus tard la capture de l'oiseau qui attendait, immobile, à distance prudente la suite des événements.

Devinant ses intentions, Gaïle s'allongea sur le sable, le laissa approcher puis, lorsqu'il plongea sur elle, roula sur le côté et s'enfuit en riant.

— Toi, tu ne m'échapperas pas ! cria-t-il en s'élançant à sa poursuite, le corps couvert de sable collé par sa sueur.

Elle n'en avait pas vraiment l'intention.

Quelques instants plus tard, ils s'adonnaient à d'autres jeux, sous l'œil intrigué du Kallaara qui suivait leurs joutes amoureuses en dodelinant de la tête.

*

* *

Là d'où il venait, les grandes cités étaient flamboyantes, lumineuses. On les devinait de loin, de très loin. Il se souvenait de la clarté du ciel trouant la nuit au dessus des villes. Ici, il n'en allait pas de même. Le Kallaara avait déjà pris ses postures d'approche et entamait sa descente, pourtant il ne voyait toujours rien, excepté quelques minuscules points scintillant dans le noir.

— Ce sont les feux aux portes de la ville et sur les remparts, lui expliqua Gaïle.

Blade savait maintenant imposer sa volonté au Kallaara dont il sentait chaque muscle sous les plumes. Leur communion était totale. Il comprenait son vol, sa lutte permanente contre la pesanteur et percevait même, à travers lui, chacun des courants invisibles venant soulager ses efforts. Malgré l'absence de harnais, il sut, d'une simple pression des genoux, communiquer à l'oiseau ses intentions et le faire atterrir à l'endroit choisi après un survol de reconnaissance à moyenne altitude.

L'odcur montant de Lham, forte, âcre et fauve, lui avait rappelé celle des prisonniers de l'île-bagne. Chez lui les villes avaient aussi une odeur désagréable, mais différente, qui le faisait plutôt penser à de la fumée. Elles étaient aussi plus grandes, beaucoup plus grandes. Lham, protégée par une double enceinte fortifiée, ne devait pas abriter plus de quelques milliers d'âmes.

Il aperçut aussi, au centre d'un lac, l'imposante masse sombre de la forteresse des Dragons dont lui avait parlé Pilouk. Il pensa un instant s'y poser, mais y renonça. Pour ne pas faire courir à Gaïle de risques inutiles, et parce qu'une telle décision était par trop prématurée, un peu folle. Il lui fallait, malgré son impatience, remettre à plus tard cette expédition.

— Nous allons nous poser dans la forêt, là-bas, près des remparts, et nous mêler à cette foule, dit Blade.

Malgré l'heure tardive, une populace nombreuse et bruyante était entassée sur un champ devant une des portes de la ville. Il y avait là, entre la forêt et le fossé, un véritable village de tentes et de baraques en bois. De ces masses d'hommes et de femmes agglutinés autour de plusieurs grands feux, montaient des bouquets d'odeurs de viande grillée, de fumée de bois, de cris, de musiques et d'éclats de rire.

— Et le Kallaara ? Qu'est-ce qu'on en fera ?

— On lui rendra sa liberté, il l'a bien mérité.

Blade lui flatta l'encolure par de petites tapes auxquelles l'oiseau répondit par des roucoulades de plaisir.

*

* *

Par plusieurs aspects, l'endroit le faisait penser au village de prisonniers. Il y régnait la même anarchie sauvage, la même pauvreté crasse et malodorante, la même atmosphère bestiale, même si l'ambiance générale était ici plutôt festive.

Après s'être maculés le corps et le visage de boue

et de noir de charbon pour passer inaperçus, ils se faufilèrent à travers la foule jusqu'à un des grands feux allumés au pied des remparts. Des bateleurs y donnaient un spectacle particulièrement apprécié du public dont une grande partie, imbibée de brizz, ne tenait debout qu'à grand-peine. Pour l'instant, quatre musiciens n'ayant de l'harmonie que des notions très relatives, accompagnaient un acrobate jongleur particulièrement habile et d'une force peu commune. Après avoir enchaîné une série d'équilibres et de voltiges parfaits, fait voleter trois, puis quatre et cinq torches, le jongleur réclama le silence, qu'un roulement de tambour vint souligner en le rendant dramatique à souhait. Cette fois, c'était trois lourds boulets de fonte, dont il avait pris soin de faire vérifier le poids par quelques spectateurs sceptiques, qu'il fit voltiger avec une extraordinaire aisance. La foule impressionnée lui fit une véritable ovation.

Deux antipodistes prirent ensuite sa place. Leurs corps huilés et luisants reflétaient les lueurs dansantes des flammes.

— Qu'est-ce qu'on fait maintenant ? demanda Gaïle.

— On en a assez vu je crois, non ? Il faut essayer d'entrer en ville.

Après avoir salué, les antipodistes s'apprêtaient à entamer leur numéro, lorsqu'un cri retentit dans le dos de Blade.

— Un Fesse-Jaune !

Il avait complètement oublié ! La couleur dont il avait tapissé le fond de son pantalon, accentuée par leurs deux récents et longs vols, était maintenant très voyante. Si leur Kallaara s'était laissé abuser, il n'y avait rien d'étonnant à ce qu'il en fût de même pour ces gens.

L'homme qui avait crié se tenait derrière lui et le montrait du doigt, d'un air à la fois craintif et humble. La foule s'était écartée et faisait cercle autour d'eux. Les gens les regardaient comme s'ils avaient affaire à des créatures dangereuses, à tout le moins indésirables. D'autres cris jaillirent de la foule qui montrait des signes peu rassurants d'une nervosité croissante.

— Il n'a rien à faire là !

— Tuons-le ! Ça en fera un de moins !

— Oui ! Jetons le dans le feu !

— Ce serait dommage, celui-là me plaît bien !

Blade, sur ses gardes, s'efforçait de paraître calme et confiant. Peut-être n'avaient-ils pas réellement décidé de mettre leurs menaces à exécution, mais Blade n'avait pas l'intention d'attendre pour s'en assurer.

— Mettons-nous dos à dos, murmura-t-il sans desserrer les dents.

Puis il posa sa machette à terre, fit signe à Gaïle d'en faire autant avec l'arbalète et s'adressa à la foule.

— Vous vous trompez ! Je ne suis pas un Fesse-Jaune !

Plusieurs éclats de rire firent écho à ses paroles. Puis une voix lança :

— C'est ça ! Et pourquoi que t'as le cul coloré ?

T'as bouffé du ragoût de Kallaara et t'as fait dans ton froc ?

Tout le monde s'esclaffa de plus belle, mais Blade n'avait aucune envie de rire ; cette hilarité ne laissait présager rien de bon.

— Vous sentez le Kallaara, tous les deux. Et y'a qu'un Fesse-Jaune pour pouvoir les monter.

— J'ai pris ce pantalon à un Fesse-Jaune, mais je n'en suis pas un !

— Ah oui ? Et comment que t'as fait pour le lui chiper ? lança un barbu couvert de poils. T'avais d'abord retiré le tien ?

Les rires avaient maintenant changé. Ils devenaient inquiétants, lugubres.

— Approche, lui dit Blade, et je te montrerai comment je m'y suis pris.

L'homme qui venait de parler n'était plus aussi fier. Un autre fit un pas en avant.

— Moi, je veux bien que tu me montres !

Celui-là était un géant, une bête qui le dominait d'une bonne demi-longueur et devait peser le double de son poids. Il avança jusqu'au centre du cercle, retira sa chemise et fit rouler ses pectoraux aussi gros que sa tête. Du pied il envoya la machette hors de leur portée, et se tourna vers la foule en levant les poings, comme pour leur annoncer qu'il tuerait l'étranger de ses mains nues.

Le public était aux anges. Ce duel inattendu venait mettre un peu de piment dans un spectacle sans grandes surprises.

— Quand ils ne feront plus attention à toi,

chuchota Blade vers Gaïle, tu pourras leur fausser compagnie.

— Mais toi ?

— Ne t'inquiète pas pour moi, fais ce que je te dis ! On se retrouvera plus tard !

— Mais où ? Quand ?

Blade ne lui répondit pas. Il s'était éloigné et tournait lentement devant le feu en même temps que le géant sans le quitter des yeux. Gaïle recula, à contrecœur, et se noya parmi les spectateurs frénétiques braillant et gesticulant à qui mieux mieux.

— Vas-y, Domar ! Écrase-le !

— Quand il en aura fini avec lui, on l'appellera Face-Rouge !

D'un terrible rugissement à faire fuir un troupeau de démons en rut, Domar le géant mit fin aux clameurs et aux cris d'encouragement. Puis, les bras écartés, il se rua sur Blade qui l'attendait de pied ferme. Le géant avait une dizaine de longues cicatrices, prouvant qu'il était sans doute puissant mais peu rapide. Peut-être était-ce pour plutôt pour cette raison qu'il s'était débarrassé de la machette ? Mais il devait malgré tout être aussi très dangereux, sinon l'un de ceux qui avait laissé ces marques sur son corps aurait achevé sa besogne.

Blade s'écarta au dernier moment et lui assena un terrible coup de coude dans les reins. Le géant, dont les bras s'étaient refermés sur le vide, en fut à peine affecté.

— On n'a pas droit aux chatouilles ! lança une femme dans la foule.

Blade chercha rapidement Gaïle du regard, et fut rassuré de ne pas la trouver. Elle avait suivi son conseil. Il s'apprêtait à refaire face à son adversaire, lorsqu'il aperçut le jongleur dans la foule des spectateurs. L'homme, les bras croisés et se tenant le menton, le fixait avec un sourire confiant, presque chaleureux. Soudain Blade, pour la première fois depuis son réveil sur l'île-bagne, eut la surprenante et merveilleuse sensation de reconnaître quelqu'un. Il ne savait pas qui était cet homme, mais son visage, son attitude même, lui disaient vraiment quelque chose. Son passé n'en était pas pour autant revenu, mais il pouvait sentir son poids, sa matérialité.

Dès qu'il en aurait fini avec le géant, il irait voir le jongleur.

Un choc brutal le ramena douloureusement à la réalité. Le géant avait profité de ce moment d'inattention pour se ruer sur lui et l'empoigner à bras le corps. Soulevé de terre, prisonnier de la puissante étreinte de son adversaire, Blade étouffait. Son sang lui montait à la tête, gonflait les veines de son cou. Le géant, qui puait la sueur, la crasse et le brizz, jubilait en le voyant se cambrer sous la douleur et tenter vainement de se libérer.

Son sourire triomphal fut coupé net lorsque Blade lui envoya un puissant coup de tête qui l'atteignit à la bouche. Il avait frappé si fort qu'il en fut presque lui-même étourdi et vit des étoiles danser devant ses yeux. Le géant poussa un cri étouffé. Sa lèvre inférieure avait éclaté et saignait abondamment, mais il ne le lâcha pas pour autant. Bien au contraire sa rage en fut décuplée, mais son étreinte s'était quand même légèrement relâchée. Blade en profita pour libérer ses bras et lui assener une double claque sur les oreilles. Il y avait mis toutes ses forces. Cette fois le géant le laissa tomber à terre. Un geste réflexe provoqué par la douleur lui avait fait porter les mains à ses tympans maltraités.

Dès qu'il toucha le sol, Blade s'écarta d'un saut périlleux arrière qui tira au public ébahi une exclamation de stupeur. Il revint aussitôt à la charge, avec un coup de pied en extension au ventre, suivi d'un autre, lâché en sautant, qui, malgré sa taille, atteignit la montagne de chairs à la mâchoire.

La foule des curieux, subjuguée par les prouesses hors du commun de ce Fesse-Jaune qui se battait comme ils n'avaient jamais vu quiconque le faire, suivait maintenant le combat dans un silence figé, quasi religieux.

Domar, toujours campé sur ses jambes, avait pourtant perdu de sa superbe. Écumant de rage, il chargea à nouveau en hurlant. Sa rage l'ayant privé du peu de lucidité dont il était capable, Blade l'évita sans difficulté. Une pirouette-éclair, suivie d'un formibable coup de pied en uppercut qui atteignit le géant à la nuque, provoqua un nouveau murmure admiratif des spectateurs.

Le géant, cette fois, fut projeté à terre. Tandis que, mal en point, il se remettait péniblement sur ses genoux, Blade recula et attendit, tournant le dos à la foule enthousiaste dont il n'était plus qu'à un pas.

Quelqu'un, dans son dos, ne devait pas avoir apprécié le spectacle. Blade sentit son mouvement, plus qu'il ne le perçut. et esquiva le coup qui lui était destiné. Son nouvel agresseur, devinant le sort qui lui l'attendait, s'en trouva pétrifié.

— Que se passe-t-il, l'ami ? Tu avais parié sur l'Hercule de foire, c'est ça ? fit Blade en lui prenant son bâton des mains.

Tandis que des rires fusaient, Blade fut à nouveau alerté par son sixième sens. Un nouveau danger le menaçait. Il fit aussitôt volte-face. Un objet multicolore bouchait son champ de vision. Il eut juste le temps de reconnaître une des battes du jongleur, puis le feu, dont les crépitements claquaient comme des coups de fouet, s'éteignit brusquement.

*

* *

Au centre de sa vision, encore trouble, il y avait une flammc. Tout lui revint d'un bloc, le feu, le combat, la foule, le géant s'ébrouant pour retrouver ses esprits, et la batte du jongleur. Il sauta sur ses jambes, prêt au combat malgré les vertiges qui le faisaient chanceler sur ses jambes. Mais il n'était plus au pied des remparts, et la flamme était celle d'une lampe à huile posée sur une table. Il se trouvait dans une cabane de bois, sur une paillasse recouverte d'un vieille couverture rouge.

— Content de te retrouver, fit une voix derrière lui.

Il se retourna brusquement. Un homme se tenait là, assis sur une caisse, jouant avec une petite balle de cuir qu'il lançait en l'air.

— Tu sais qui je suis, n'est-ce pas ? demanda l'homme, sans cesser de lancer sa balle de cuir.

— Bien sûr, tu es le jongleur qui m'a assommé, et je vais te faire regretter ton geste !

— Arrête ! Ne fais pas l'idiot ! Je n'avais pas d'autre moyen de t'éviter une lapidation. Parce que c'est ce qui t'attendait, même si tu avais vaincu Domar, ce qui pour moi, soit dit en passant, ne faisait pas l'ombre d'un doute !

Blade se détendit, mais sans pour autant relâcher sa vigilance.

— J'ai bien vu que tu m'avais reconnu pendant ton combat, reprit le jongleur. Un bien beau combat par ailleurs. J'ai été content de voir que tu n'avais rien perdu de tes talents.

Blade se sentait maintenant mieux, mais d'autres vertiges avaient pris le relais. Cet homme se comportait comme s'ils se connaissaient. Sa quête serait-elle finalement plus courte qu'il ne l'avait craint ?

— Moi aussi je sais qui tu es, enchaîna le jongleur. Tu es Richard Blade, n'est-ce pas ?

L'homme, le visage radieux, lança sa balle à l'autre bout de la roulotte, se leva et l'empoigna à bras-le-corps.

Lui n'avait pas du tout l'intention de l'étouffer. Il ne voulait que lui communiquer sa joie d'avoir retrouvé en même temps qu'un ami, l'espoir et la foi.

CHAPITRE XI

— Mais enfin, c'est moi, Nahoum ! Que se passe-t-il ? Pourquoi tu me regardes comme ça ?

Nahoum. Le nom lui était familier, comme l'était son visage, mais il ne lui évoquait rien de précis.

— C'est le coup sur la tête qui t'a fait perdre la mémoire, ou quoi ? Je n'aurais pas dû frapper si fort, mais je voulais être sûr de t'assommer.

Le jongleur s'écarta pour aller remplir deux gobelets.

— Trinquons à nos retrouvailles ! Et à la victoire, fit-il ému en lui tendant un des gobelets.

Nahoum vida le sien d'un trait. Blade se contenta de tremper ses lèvres. C'était du brizz. Il craignait que son crâne ne supporte pas ce nouveau choc.

— Alors, raconte ! fit Nahoum en se resservant. Où étais-tu pendant tout ce temps ? Quand je pense que depuis dix jours je te croyais mort ! Et puis je t'ai vu pendant mon numéro, au milieu de la foule. J'ai failli en perdre mes boules !

Blade hésitait. Il attendait ce moment depuis trois jours. Pourtant, maintenant qu'il touchait enfin au but, qu'il avait retrouvé un de ces hommes qu'il avait connu, il se demandait s'il devait faire confiance à cet homme, tout lui dire.

— Tu ne bois pas ? On dirait que tu te méfies de moi, s'inquiéta Nahoum.

Dans son regard il y avait l'éclat de la loyauté. Blade décida de tout lui raconter. De toute façon, même si ce jongleur n'était pas l'ami qu'il prétendait être, il n'avait rien à perdre. Ses forces lui revenaient à grands pas. Si les choses tournaient mal, il pourrait aisément se débarrasser de lui.

— Oui, c'est vrai, je me méfie.

Nahoum se renfrogna, recula d'un pas, et se versa un troisième verre de brizz.

— Par Al Kahli, que t'ont-ils fait ? Tu n'es plus le Blade que j'ai connu, cet homme sûr de lui qui ne craignait rien ni personne, pas même les Dragons, celui qui nous a appris la solidarité et rendu le goût de la liberté !

— C'est vrai, commença Blade. Je ne suis plus tout à fait le même. Mais tu pourras peut-être m'aider à le redevenir.

— Tout ce que tu veux, Blade, fit Nahoum en lui posant la main sur l'épaule. Tu sais très bien que tu peux tout me demander. Tu te souviens de l'assaut, à Lardria, quand tu cherchais des volontaires pour détourner l'attention des Dragons ?

Nahoum éclata de rire, engloutit son troisième verre, et enchaîna :

— Ce jour-là, j'ai bien cru que je ne verrais plus jamais le soleil se lever !

Blade but à son tour une gorgée de brizz qui lui

râpa affreusement l'œsophage. Bizarrement, son mal de tête s'en trouva presque aussitôt dissipé. Il attendit un temps et alla s'asseoir sous le regard intrigué de son ami étranger.

— Non, Nahoum, je ne m'en souviens pas, commença-t-il. Justement, tout le problème est là. Je ne me souviens de rien. La plus vieille trace de mon passé remonte à trois jours ! Pour le reste, je n'ai que quelques vagues visions, et même pas très claires.

Nahoum ouvrit des yeux ronds et se versa un quatrième verre. S'il continuait à ce rythme-là, il ne tiendrait pas jusqu'à la fin de son histoire.

Blade venait d'en arriver au bout de son récit, son arrivée à Lham avec Gaïle et le combat avec Domar. Son long monologue lui avait donné soif. Malheureusement, la bouteille était vide.

— T'inquiète pas, j'en ai une autre ! le rassura Nahoum, dont la résistance à ce breuvage diabolique semblait sans limites.

En lui racontant ses récentes aventures, dans les moindres détails, Blade avait espéré que peut-être les chaînes retenant son passé prisonnier céderaient enfin. Mais rien n'avait changé. Tout reposait maintenant sur ce jongleur qui se prétendait son allié.

— Eh bien, si on m'avait dit que ce genre de choses était possible, je ne l'aurais certainement pas cru, fit Nahoum en les resservant.

— Bon, j'ai assez parlé, fit Blade. À toi maintenant.

Nahoum ne réagit pas immédiatement. Les sourcils froncés et le regard perdu dans le vague, il repensait à tout ce qu'il venait d'apprendre. Certains points du récit de Blade l'avaient plongé dans la plus extrême perplexité.

— Si je ne te connaissais pas, fit-il, je me dirais que tu fabules, que tu as rêvé ou, que pour une raison qui m'échappe, tu cherches à me pigeonner ! Les noms de ces insoumis, par exemple, Larzak, Ashren, Kefta et les autres... Tous me sont inconnus. Pourtant, on n'a jamais été si nombreux que ça. Et ces Dragons, que tu dis être des rabots... J'avoue que tout cela me dépasse, je n'y comprends rien.

— Pas rabot, robot ! corrigea Blade. Mais nous reparlerons de tout cela plus tard. Pour l'instant, je veux que tu me dises ce que tu sais de moi, tout ce que tu sais ! Ce que tu as toi-même vu, ce qu'on t'a raconté, tout. Surtout ce qui s'est passé ces dernières semaines, à partir du moment où Ashren s'est arrêté.

— D'accord, d'accord ! s'excusa Nahoum avant de vider son verre pour se remettre les idées en place. Mais ça risque d'être long.

— J'ai tout mon temps.

Nahoum, subissant le contrecoup de tout ce qu'il venait d'apprendre, hésita un instant. Il se demandait aussi par quel bout entamer son exposé.

— Bon, commença-t-il d'un air décidé, pour ce qui est de ton origine, je ne te serai pas d'un grand secours. Je crois d'ailleurs que personne ne pourra t'aider. Tu n'as jamais été très bavard là-dessus, au point qu'au début j'ai cru que tu voulais nous cacher des choses. En tout cas, t'étais pas un Nordik, ni un garde-espion. Ça, c'était évident. Et puis finalement, quand on t'a vu à l'œuvre, on s'est dit que tout cela n'avait pas grande importance. Tout ce qui comptait, c'était ce dont tu étais capable. Et de ce côté-là, on a très vite été rassurés. Alors, si tu voulais avoir tes petits secrets, personne n'allait te le reprocher.

— Mais je vous ai dit quoi précisément ? intervint Blade.

— Précisément, rien ! Tu t'es toujours montré très vague. Tu disais venir d'Angleterre, un très lointain royaume dont personne n'a jamais entendu parler et qui se trouverait quelque part au levant, au delà des montagnes, de l'autre côté du désert d'Harbour. Personnellement, j'ai du mal à croire qu'un homme ait pu échapper aux bandes de nomades, survivre aux nuages de Kafards, aux lézards des sables, au froid, aux vapeurs acides... Mais bon, après tout pourquoi pas ? Là-bas, dans ton pays, tu occupais de hautes fonctions. Maréchal de Guerre, ce sont les mots que tu as utilisés, une sorte de chef suprême des armées. Ça, on n'en a jamais douté. Ton allure, ton autorité, la façon dont tu te battais, tout quoi, prouvait que t'étais pas n'importe qui !

— Laisse tomber l'histoire ancienne ! fit Blade qui n'avait rien appris qu'il ne savait déjà. Ce que je veux c'est le reste ! Parle-moi des combats, de mon rôle, du tien...

— Au début tu m'avais chargé de la liaison entre les différents groupes, à cause de mon endurance à la course. Jusqu'à ce que tu nous enseignes ce moyen de communiquer par signes, avec des petits drapeaux de couleur qu'on tenait à bout de bras. Ça ne te dit rien ?

Le système utilisé sur l'île par les prisonniers ! C'était donc lui qui le leur avait appris. Ce qui expliquait qu'il les ait compris quand il les avait vu faire. Petit à petit les choses se mettaient en place, s'imbriquaient.

Mais la petite lueur qu'il percevait était encore bien faible et très fragile. Car Blade se demanda aussitôt comment les prisonniers pouvaient avoir appris ce langage gestuel, puisque tous étaient arrivés sur l'île bien avant qu'il l'ait enseigné aux insoumis ?

— Et la nuit on se servait de signaux lumineux, qui représentaient aussi des lettres, et les lettres des mots, tout pareil comme avec les drapeaux. C'était ingénieux, ça y a pas à dire !

— Et cet homme, Enok, fit Blade pour quitter des chemins qui ne pouvaient pas le mener bien loin. D'après ce que j'en sais, je lui aurais confié le commandement d'une partie de nos troupes ? Qu'est-il devenu ?

— Ah, celui là ! réagit aussitôt Nahoum. Qu'il soit maudit à tout jamais ! Que les Pouwhs le rongent jusqu'à la moelle, qu'Al Kali l'envoie rejoindre sa Chambre Noire et qu'il y pourrisse en même temps que toute cette racaille de Nordiks !

— Bigre ! Tu ne le portes pas dans ton cœur. Pourquoi dis-tu cela ? Que t'a-t-il fait ?

— Évidemment, tu ne te souviens pas. Ce fils de Pouwh nous a trahis ! fit Nahoum, les mâchoires serrées et le regard bouillant de haine. Il nous a vendus à l'ennemi !

Blade sentit cette fois un coin du voile se soulever. Il se souvenait ! Non pas de faits ou d'événements, mais seulement d'une sensation. Celle d'avoir lui auusi voulu faire payer à Enok sa trahison. Il ressentit même cette colère, violente, furieuse, cette rage meurtrière provoquée par ce traître dont il ne pouvait toujours pas voir le visage.

Nahoum, de son côté, retrouvait non sans difficultés un peu de son calme. Puis son regard s'enflamma à nouveau, à mesure que l'exaltation le gagnait, réveillée par l'évocation des jours glorieux à la fois proches et, pour lui aussi si lointains.

— Je veux que tu me dises exactement ce qu'il a fait, comment il s'y est pris, insista Blade qui savait tenir là une piste pouvant le mener à cette lumière tant convoitée.

— Tout allait bien pour nous, enfin si on peut dire, commença Nahoum. Les Nordiks, malgré la présence à leurs côtés des Dragons, apprenaient à nous craindre. Une bonne partie de la population, qui jusque là s'était terrée, était sur le point de basculer et de se soulever. Tout ce qui nous manquait, c'était une grande victoire ! Et on était à deux doigts de la remporter. Faut dire qu'on n'avait jamais eu de stratège aussi efficace que toi pour nous commander.

Tout ce que tu disais était si simple, si clair, si évident, et pourtant personne n'y aurait pensé ! Tiens, par exemple, c'est un détail, mais tu avais changé tous les noms de lieux, pour tromper les espions à la solde des Zittis, ou pour le cas où nos messages auraient été interceptés. Tu appelais ça un code.

Nahoum se prit le menton en fronçant les sourcils, puis un large sourire barra son visage.

— Au fait, ça pourrait peut-être t'aider, les nouveaux noms que tu nous as donnés étaient des noms de ton pays, des noms du Royaume d'Angleterre !

— Comme quoi par exemple ? Tu t'en souviens ? le pressa Blade.

— Oui, bien sûr. il y avait Londre, Pari, Rom, Niork, Tokio...

Tandis que Nahoum continuait son énumération, Blade se sentit à nouveau aspiré vers les zones obscures de son passé. Des souvenirs remontaient à la surface. Londres, le premier nom cité par Nahoum, était celui de sa propre ville, cela il en était maintenant sûr. Tous les autres lui évoquaient des endroits où il savait être allé. Lentement, comme une araignée tissant sa toile, son esprit tendait les fils qui prendraient bientôt sa mémoire au piège.

— Tout cela te dit quelque chose ? conclut Nahoum après une nouvelle rasade de brizz.

Oui, il voyait des images. Il voyait le lit d'un fleuve mort encaissé au fond de gorges profondes, des guerriers porteurs d'étendards multicolores. Il voyait une terre ocre éclairée par le soleil levant, l'attente du combat. Il voyait des Dragons cracheurs de feu semant la mort autour d'eux. Il voyait des maisons hautes comme des montagnes et d'autres fragiles comme des feuilles séchées, des guerriers aux yeux bridés. Il voyait des jardins à l'ordonnance parfaite, un champignon de fumée, immense, né de la lumière et montant jusqu'au ciel !

Toutes ces images étaient incohérentes, incompatibles, et le déroutaient plus qu'elles ne l'aidaient à se frayer un chemin vers une réalité toujours plus fuyante.

— Ce nom-là, Tokio, est celui que tu avais donné à Kahrn, expliquait Nahoum, là où eut lieu la bataille où tout s'est joué, celle qui a décidé de notre sort. La dernière bataille !

Il avait dit cela d'une voix tremblante, les yeux embués. Blade se leva et alla ouvrir la porte de la cabane. Il avait besoin d'un peu d'exercice.

— Parle-moi de cette bataille, fit Blade. Mais allons dehors. L'air frais me fera du bien, et sans doute à toi aussi, vue la quantité de brizz que tu as ingurgitée. En même temps nous essaierons de retrouver Gaïle. Elle ne doit pas être bien loin.

— Comme tu voudras, c'est toi qui commandes, fit Nahoum redevenu jovial.

Il empoigna la bouteille de brizz et sortit le rejoindre.

CHAPITRE XII

Blade avait fière allure, le torse ceint d'un pectoral de cuir et les épaules couvertes par une cape blanche tombant jusqu'à ses chevilles sur laquelle se reflétait l'ondoyante lueur des torches.

Tous, ses douze plus valeureux compagnons, assis sur des tapis au centre de la tente, levaient vers lui des regards d'enfants sages, admiratifs. Tous attendaient qu'il leur explique le déroulement de leur prochaine bataille, celle où les insoumis jetteraient toutes leurs forces et qui, quelle qu'en soit l'issue, scellerait définitivement leur sort.

Il y avait là Enok son second, Nahoum le messager, Krahil le maître-archer, Saïla que tous avaient surnommée l'Amazone parce qu'elle vivait avec pour tout compagnon un Kallaara boiteux qu'elle avait sauvé de l'abattage, Kadar le forgeron, Loran, un Fesse-Jaune passé dans leurs rangs, Filli qui pouvait, avec sa sarbacane, trancher la tige d'une fleur à cinquante pas, Ghar, Foun et Khel, trois frères orphelins dont les parents et leurs deux sœurs avaient été massacrés par une patrouille de gardes, Pichtar, un prêtre-guêteur, et le jeune Lyli-An auquel

Blade avait sauvé la vie et qui, depuis, ne le quittait plus d'une semelle. Étant le seul, avec Pichtar, qui savait écrire, Blade en avait fait son aide de camp, et l'avait chargé de consigner ses décisions. Il savait qu'à tout moment il pouvait quitter ce monde. Aussi voulait-il que ces hommes puissent continuer leur combat sans lui.

*
* *

À mesure que Nahoum avançait dans son récit, Blade retrouvait le souvenir de ces instants. Il revoyait la tente, les torches plantées dans des bacs de sable, les visage de ses douze compagnons attendant, pleins d'espoir, l'exposé de son plan. Mais sa mémoire encore défaillante ne lui permettait pas d'aller au delà des paroles du jongleur. Il avait encore besoin qu'on lui raconte son passé pour s'en souvenir.

— Lyli-An est mort, dit Nahoum. Mais j'ai conservé ses feuillets. Tu veux les voir ?

— Évidemment, je veux les voir ! Tu les as là ?

Nahoum lui confia la bouteille de brizz et retourna d'un démarche hasardeuse vers sa roulotte.

Blade en but une dernière gorgée qui enflamma son palais et jeta la gourde.

— Mais qu'est-ce que tu fais ? Tu as perdu la raison ? se lamenta Nahoum qui revenait avec une liasse de feuillets jaunis. C'était ma dernière gourde !

— Tu buvais autant avant ? Je suis sûr que non. Je me trompe ?

Nahoum, pour toute réponse lui tendit les feuillets.

— Je trinquerai avec toi, le consola Blade en prenant les feuillets. Lorsque nous aurons une victoire à fêter.

Le jeune Lyli-An avait bien fait son travail. Tout y était méticuleusement retranscrit. Blade parcourut le texte et se retrouva à nouveau plongé quatre semaines en arrière, dans la tente où avait eu lieu la réunion.

*

* *

— Les Ottoks nous attendent dans le village de Kahrn, qu'à partir de cet instant nous appellerons Tokio.

— Tokio ? Cest encore un nom de chez toi ? demanda Kadar le forgeron.

Blade acquiesça d'un signe et poursuivit son exposé.

— Nous lancerons un attaque massive du village, de nuit. De combien d'arcs disposons-nous en tout ?

Krahil, le maître-archer, se tourna vers ses compagnons. Pendant un instant ils se concertèrent à voix basse.

Dehors, dans la tiédeur de la nuit, quatre sentinelles montaient la garde à l'entrée de la tente, tandis que dans la forêt alentour, son armée, en fait une demi-cohorte d'hommes peu habitués à obéir et mal entraînés mais pleins de fougue, prenait un peu de repos.

— Près de trois cents, fit Krahil fièrement. Dont un tiers environ très adroits.

— Bien, approuva Blade. Il faut en réunir une centaine, mais pas parmi les plus habiles tireurs. Nous ferons pleuvoir sur Tokio une pluie de flèches enflammées. Pour cela il n'est pas nécessaire de prendre les meilleurs. Mieux vaux les garder en réserve.

— Mais le village sera détruit ! protesta Filli, l'homme à la sarbacane, originaire de ce village.

— Oui, mais on ne gagne pas de bataille sans payer un tribu à Al Bilam, le dieu de la guerre, intervint Pichtar le prêtre-guetteur.

— Beaucoup d'hommes aussi mourront, mais le pays sera sauvé, ajouta le jeune Pyol. On ne se bat pas pour garder ce que l'on aime, mais pour retrouver ce que l'on a perdu, notre liberté !

Tous approuvèrent bruyamment. Blade nous aimait bien et nous le dit. Il n'était parmi nous que depuis une dizaine de jours, mais il avait retrouvé à notre contact le sens de certaines valeurs, disparues même dans son monde.

— Cette attaque provoquera certainement une réaction des Nordiks, qui sortiront à notre rencontre. Les archers se seront entre-temps repliés et une autre centaine d'hommes se battra contre l'ennemi. À mon signal ils battront en retraite. Mais attention, il faudra que cette retraite ait vraiment l'air d'une débâcle.

— Ça ne sera pas dur, fit Loran le Fesse-Jaune, vu qu'ils seront au moins quatre fois plus nombreux

que nous et qu'ils auront une bonne dizaine de Dragons avec eux !

Sa remarque, qui n'avait rien de spécialement drôle, déclencha pourtant un rire général, à mettre plutôt sur le compte de la tension subie par nos hommes.

— Pendant ce temps..., reprit Blade

— Excuse-moi, le coupa Pichtar, mais l'attaque aura lieu de nuit. Comment pourrons-nous voir ton signal ? Ou l'entendre dans le vacarme de la bataille ?

— Bravo Pichtar, je vois que tu as toujours l'esprit aussi vif. Je te répondrai plus tard, si tu veux bien. Donc, pendant ce temps, un commando s'infiltrera dans le village pour détruire leurs réserves d'armes et libérer les Kallaaras, ce qui aura pour effet de clouer une partie des Fesses-Jaunes au sol.

— C'est quoi un commando ?

Blade, dans le feu de l'action, oubliait parfois que ce monde n'était pas le sien.

— Un commando, c'est un groupe d'hommes déterminés, efficaces, audacieux, expliqua-t-il. Pas plus d'une douzaine, agissant seuls, capables d'initiatives et pouvant tuer un homme de sang-froid, sans lui laisser le temps de donner l'alerte.

— Ça, tout le monde sait le faire, plaisanta encore Loran, le boute-en-train du groupe.

— Pour ce qui est de libérer les Kallaaras, d'accord. Mais comment ces hommes détruiront-ils les réserves d'armes ? objecta Kadar le forgeron. Ça leur prendra un temps fou ! Et je sais de quoi je parle !

— Non, fit Blade avec un sourire qui ne manqua pas de nous intriguer. Venez dehors, j'ai quelque chose à vous montrer.

Les douze se levèrent comme un seul, intrigués au plus haut point. Cet homme, que certains disaient envoyé par Al Kahli en personne, n'avait cessé, depuis sa venue inespérée et quasi miraculeuse, de nous surprendre ou de nous étonner.

Lorsqu'ils l'eurent tous rejoint hors de la tente, Blade fit signe à une des sentinelles.

— Vas-y Kurk, à toi de jouer, lui dit-il.

L'homme saisit une des torches plantées à l'entrée de la tente, se baissa pour saisir l'extrémité d'une liane traînant à terre, et y mit le feu. Surpris, les douze et les trois autres sentinelles, regardaient la flamme se déplacer à toute allure en sifflant le long de la liane puis disparaître dans les fourrés.

— Nous avons déjà vu cela, fit Enok, c'est une liane à brizz. Les enfants aiment bien jouer ainsi. Mais quel rapport avec nous ?

Les autres attendirent, tandis que la petite flamme poursuivait sa course dans la nuit.

— Attendez un peu, ce n'est pas cela que je voulais vous montrer. Regardez l'arbre là-bas, au pied de la colline.

C'était un vieil arbre, solide, dont le tronc devait bien avoir une longueur d'homme de diamètre. Soudain il y eut une terrible explosion qui déchira l'obscurité.

Tous, médusés, nous avions le regard fixé sur la colline. L'arbre avait disparu !

Des cris de joie saluèrent ce prodige. Les hommes en liesse exultaient, se jetaient dans les bras les uns des autres, sautaient sur place comme des enfants émerveillés. Le prestige de Blade n'en fut que plus grand. Certains n'étaient même pas loin de penser qu'il pouvait maîtriser les forces de la foudre et du tonnerre, qu'il avait des pouvoirs surnaturels.

Blade les détrompa en affirmant qu'il n'était qu'un homme, comme nous, et dit :

— Partout les hommes fonctionnent de la même façon. Ce qu'ils ne comprennent pas leur paraît toujours surnaturel. Et leurs progrès en sont retardés d'autant.

— Avec ça on pourrait gagner la guerre ! C'est aussi terrible que les tromblons des Dragons ! s'exclama Saïla.

— Mais comment as-tu fait ? demanda Kadar le forgeron, encore sous le coup de la surprise.

— Qui es-tu réellement Richard Blade ? fit Enok, avec une expression à la fois craintive et méfiante. Qui t'a envoyé parmi nous ? D'où tiens-tu toutes ces connaissances ?

Blade refusa de répondre, prétextant que mieux valait quelques fois sauvegarder un mystère, plutôt que de l'expliquer par un mystère plus grand encore. Ce qui, en soi, était déjà fort mystérieux. En revanche, il expliqua à Kadar qu'il suffisait de mélanger du salpêtre, du soufre et du charbon de bois pour obtenir cet explosif, dont quelques verres de brizz avait augmenté le potentiel explosif.

— Attendez, le spectacle n'est pas terminé, dit ensuite Blade. Tu voulais savoir quel genre de signal j'utiliserai, Pichtar ? Eh bien, regarde !

Blade fit un nouveau signe à Kurk, la sentinelle, qui s'éloigna et disparut dans les fourrés.

Quelques instants plus tard une traînée lumineuse montait dans le ciel. Il y eut une nouvelle explosion suivie d'une grande lumière rouge !

Blade, par un incroyable prodige, avait fabriqué une comète !

Cette fois nous étions tous abasourdis, littéralement pétrifiés. L'étrange lueur rouge redescendait lentement vers le sol, éclairant toute la colline avant de disparaître dans le silence.

*
* *

Blade ne termina pas la lecture des quelques feuillets écrits par le jeune Lyli-An. Il en était arrivé au passage relatant l'explosion de la fusée éclairante, lorsque la lumière s'était faite en lui comme dans le ciel de Kahrn cette nuit-là.

Il n'avait pas besoin d'aller plus loin pour savoir ce qui s'était passé. Il se souvenait, de tout. De presque tout. Certains points restaient encore obscurs, mais il revoyait chaque moment de cette bataille qui avait tourné au drame. Parce qu'Enok avait trahi. Les Nordiks avaient quitté le village la veille de l'attaque, et pris position dans les collines voisines.

La nuit suivante tous les archers étaient morts, de même qu'une grande partie des insoumis attendant pour se lancer dans la bataille, pour fondre sur les Nordiks, mais qui, au lieu de cela, virent les troupes ennemies surgir sur leurs arrières.

Les Dragons s'en étaient cette nuit-là donné à cœur joie, en taillant dans leurs rangs comme un boucher dans un quartier de viande fraîche.

Blade se souvenait surtout des éclairs, des cris et de l'odeur de chairs brûlées qui avait envahi toute la campagne alentour. Ces longues heures de combat furent l'un des plus affreux spectacles qu'il n'avait jamais vu ! Un massacre, un incroyable carnage, auquel les Pouwhs n'avaient pas tardé à venir se joindre, obligeant les insoumis à achever eux-mêmes certains blessés pour abréger leurs souffrances.

Il se souvenait de tout. De ses efforts désespérés pour retarder l'avance des Nordiks avec quelques uns de ses hommes les plus braves. Ses charges explosives y étaient un temps parvenues. Face à leur effet dévastateur, une partie des ennemis affolés avait pris la fuite. Mais très vite, lorsqu'il se trouva à court de poudre, la débâcle s'intensifia sous la pression des Nordiks trop nombreux emmenés par ces Dragons que rien ne semblait pouvoir atteindre.

Il se souvenait pourtant en avoir neutraliser un, dont une de ses explosions avait emporté la jambe droite. L'homme continuait de tirer sans paraître affecté par sa terrible blessure. Blade avait réussi à l'approcher et à le faire flamber, ce qui avait malheureusement rendu par la même occasion son tromblon inutilisable. C'est cette nuit-là qu'il avait découvert, médusé, que ces Dragons n'étaient pas humains.

Il se souvenait que planté là, devant ce guerrier sans chaires et sans os, au corps bourré de branches métalliques, il avait vu Enok arriver en tête d'un groupe de Nordiks. Il l'avait d'abord cru prisonnier, mais ses paroles ne lui avaient laissé aucun doute. Enok avait trahi !

Blade revoyait cette scène avec une netteté absolue, mais il n'avait pas accès à ses pensées d'alors. Il croyait avoir retrouvé, au moins en partie, sa mémoire, mais l'essentiel lui échappait toujours.

— Lyli-An, comment est-il mort ? demanda Blade en rangeant les feuillets dans sa chemise.

— Quelle importance ? fit Nahoum parti fouiller les fourrés à la recherche de sa gourde. Quand je l'ai retrouvé, il ne restait plus que ses vêtements. Et ces quelques écrits.

Il revint bredouille auprès de Blade toujours sous le choc de ses réminiscences.

— Que comptes-tu faire maintenant ?

Blade réfléchit un instant, puis posa une main sur l'épaule de son ami et planta son regard dans le sien.

— Es-tu prêt à reprendre la lutte, Nahoum ?

Il vit alors, au fond de son regard amolli par la boisson, une étincelle jaillir et rallumer la flamme de l'espoir.

— Combien d'hommes pourrais-tu réunir, qui seraient prêts à nous suivre ?

— Autant que tu voudras ! exulta Nahoum.

Quand on saura que Richard Blade est de retour, la moitié de Lham sera prête à te suivre. Le problème, c'est les armes. Elles ont toutes été confisquées. Et inutile de te dire qu'elles doivent être bien gardées. À mon avis, il doit y avoir un cordon de Dragons autour.

— Bon, on s'occupera de ce problème plus tard. Pour l'instant, je voudrais d'abord retrouver Enok. J'aimerais avoir une petite discussion avec lui !

Blade voulait bien sûr lui faire payer sa trahison. Mais il espérait aussi qu'Enok pourrait combler ses dernières lacunes, lui raconter ce qui s'était passé après cette nuit fatale, au cours de laquelle il avait été fait prisonnier. Entre ce moment et son largage au dessus de l'île, il y avait encore une zone obscure de sept jours environ. En récupérant ces ultimes souvenirs, peut-être aurait-il enfin accès à son passé plus lointain ? Et saurait-il alors qui il était vraiment, d'où il venait, où se trouvait ce royaume d'Angleterre dont on le disait originaire.

De plus Enok, à la solde des Nordiks, pourrait peut-être lui expliquer le mystère de l'existence des Dragons.

— Mais c'est impossible, dit Nahoum.

— Qu'est-ce qui est impossible ?

— De rencontrer Enok !

— Je me méfie de ce mot, impossible. Et pourquoi donc ? Tu ne sais pas où il est ?

— Si, au contraire ! Tout le monde le sait. Tu ne t'en souviens donc pas ? Je croyais que ta mémoire t'était revenue.

— En partie seulement. Alors ? Où se cache ce traître ?

— Dans la forteresse, répondit Nahoum. Et tu ne pourras jamais franchir le labyrinthe.

À nouveau, le labyrinthe revenait au centre de sa quête. Cette fois, il était bien décidé à forcer l'entrée de cette forteresse, où son destin l'attendait.

CHAPITRE XIII

Le soleil levant éclairait de ses rayons naissants les remparts de Lham. Réunis autour d'un feu, Nahoum et ses amis bateleurs commentaient le retour de Blade, du Sauveur. Certains avaient été tirés de leur sommeil au milieu de la nuit, mais sur tous les visages l'excitation et l'enthousiasme avaient chassé toute trace de fatigue.

— Bon, tu entreras dans Lham avec notre troupe, mais qu'est-ce que tu sais faire ? Les gardes nous connaissent bien et ne sont pas nés de la dernières pluie. Ils risquent de devenir méfiants en voyant un visage nouveau.

Les autres approuvèrent. Blade lui prit sa gourde des mains et se leva.

— Vas-y, tu peux la jeter, fit Nahoum. C'est pas la mienne.

Blade sourit, s'empara d'une torche coincée entre deux branches de l'arbre au pied duquel avait lieu la réunion, et avança jusqu'au centre du groupe. Sous les regards intrigués des bateleurs, il ingurgita une longue rasade de brizz, qu'il recracha ensuite en plaçant la torche devant ses lèvres. Une langue de flammes jaillit alors de sa bouche en vrombissant, sous les regards épatés des bateleurs qui n'avaient jamais vu de cracheurs de feu. Blade, lui, se souvenait avoir déjà assisté, dans son pays, à ce genre de numéro. Il répéta l'opération, qui fut saluée cette fois par une salve d'applaudissements, une volée de cris et de sifflets stridents.

— Sacré Blade ! Voilà que tu craches le feu maintenant, comme un vrai de vrai dragon ! s'exclama Nahoum en le gratifiant d'une tape aussi vigoureuse qu'amicale. Y a-t-il des choses que tu ne saches pas faire ? Et combien d'autres prodiges encore nous réserves-tu ?

— Il n'y a rien là d'extraordinaire, lui dit Blade. Je viens d'un pays différent, c'est tout. Toi aussi, Nahoum, tu sais faire des choses que moi je ne saurais pas faire. Notre seule différence, c'est que tu ne le sais pas, c'est tout. Quand tu l'auras compris, nous serons devenus semblables malgré nos différences !

Nahoum le regardait avec des yeux ronds.

— Tu pourrais répéter s'il te plaît ? À la course je suis rapide, mais j'ai l'esprit un peu lent ! fit-il, avant d'éclater de rire.

Son bonheur, simple et naïf, faisait plaisir à voir.

Un des bateleurs, un avaleur d'épées qui marchait aussi sur des braises, se leva et s'empara d'une gourde pour essayer d'en faire autant. Tout ce qu'il réussit à faire, fut à enflammer sa barbe et à provoquer une hilarité générale lorsqu'il entama une danse endiablée pour éteindre l'incendie.

— En attendant que tu aies trouvé le moyen de parvenir jusqu'à Enok, ce qui risque de te prendre pas mal de temps, fit Nahoum lorsque tout fut rentré dans l'ordre, avec ton numéro de cracheur de feu on va se faire des couilles en or !

— D'accord, enchaîna Domar, qui faisait lui aussi partie de la troupe, on peut admettre que le problème de ton entrée dans Lham est réglé. Mais les armes ? Elles sont interdites en ville. Comment ferons nous pour les passer ? Là-dessus les gardes sont particulièrement vigilants ! Ils fouillent tout. Et ils ont l'œil !

— Ce ne sont pas les endroits qui manquent pour en cacher. Nous pouvons faire des doubles fonds aux chariots, mettre les plus petites, les dagues et les frondes, dans des pains par exemple.

— On pourra aussi glisser quelques arcs et des flèches dans des fagots de bois. Je l'ai déjà fait, il n'y ont vu que du feu, fit l'autre en riant.

Blade se tourna vers Nahoum que la perspective de reprendre la lutte, à moins que ce ne fut le brizz, mettait de particulièrement bonne humeur.

— Et je mettrai aussi tes boules à contribution ! On en fabriquera de nouvelles, que je remplirai de mon mélange explosif.

— Je devrai jongler avec ? s'inquiéta Nahoum d'une voix tremblante.

*

* *

L'entrée dans Lham ne posa aucun problème. Comme prévu, les gardes, qui connaissaient chacun des bateleurs, s'étaient un instant montrés soupçonneux en découvrant un visage nouveau. Blade leur avait alors offert un petit aperçu de ses talents de cracheur de feu. En plus d'être impressionnés et rassurés, les gardes, distraits, en oublièrent ce jour-là de se montrer minutieux.

Une fois les remparts passés, la troupe se sépara. Une partie fut chargée d'aller cacher les armes en lieu sûr, l'autre de propager la nouvelle du retour de Blade. Les Nordiks ne manquant ni d'espions ni de collaborateurs, il était à prévoir que l'information finirait par leur parvenir. Mais c'était un risque à prendre, en espérant que la résistance s'organiserait plus vite que la répression.

Pendant ce temps, Nahoum et Blade traversèrent la ville en direction du lac et de la forteresse.

Ils avaient déjà parcouru un interminable dédale de ruelles étroites, tortueuses et sales. Les odeurs d'épices, de viande grillée et de feux de bois faisaient oublier celles des ordures et des eaux usées. La foule étaient maintenant plus dense, plus bruyante, et les marchands si nombreux que leurs braillements racoleurs devenaient incompréhensibles.

— On y est presque, fit Nahoum. Tu vas vite comprendre pourquoi j'avais dit « impossible » !

Après un dernier coude, la ruelle s'élargissait et finissait brusquement. Au-delà s'étendait une vaste prairie, jusqu'à un lac, au centre duquel s'élevait l'imposante masse de la forteresse.

Blade ne put s'empêcher d'être impressionné. L'endroit semblait effectivement imprenable. Non seulement en raison de sa topographie, qui rappelait étrangement celle du village de l'île-bagne, mais parce que les murs de l'édifice lui-même étaient particulièrement hauts, sans ouvertures et parfaitement lisses.

— C'est un de nos anciens rois, Bal-Ashi 1er, qui a fait construire cette forteresse. On l'avait surnommé « le Preux », mais les mauvaises langues prétendent que c'est une déformation de « le Peureux ». Sûr que là-dedans il était en sécurité !

Blade, le regard dans le vague, ne l'écoutait pas. À nouveau ses pensées l'entraînaient vers son passé.

— À mon avis, continua Nahoum, tu as aussi peu de chances de pouvoir entrer là-dedans, que d'en faire sortir ton ami Enok.

— J'y suis déjà allé, fit Blade à voix basse, comme pour lui-même. Et j'y retournerai. De la même façon.

— Je peux savoir laquelle ?

— Comme prisonnier. Après avoir été capturé, j'ai été amené là.

Nahoum n'était visiblement pas d'accord et le fit savoir.

— Si je comprends bien, tu veux te faire à nouveau enfermer ? C'est de la folie, Blade ! Excuse-moi d'être si direct, mais tu ne peux pas courir ce risque. On a trop besoin de toi ! Et puis d'abord qui te dit que tu seras emmené là-dedans ? En ce moment les Nordiks ont tendance à ne plus trop s'encombrer de prisonniers. Tu risques d'être exécuté sur place, ou d'être directement renvoyé sur ton île !

— Je ne crois pas, fit Blade. Quelque chose me dit que si Enok a vent de mon retour, il voudra me voir.

— D'accord, d'accord. Admettons que t'arrives à y entrer sous bonne escorte, comment comptes-tu en ressortir ? T'oublies les labyrinthes ! À l'aller, tu seras escorté par les Guides, mais au retour ?

— Justement. Je voudrais qu'on parle de ce labyrinthe, et des Guides. Il doit bien avoir une taverne ou une gargote dans les environs ?

— Tu veux dire un mastroquet ? J'en connais un à deux ruelles d'ici. Nous y serons tranquilles.

Par tranquilles, Nahoum voulait sans doute dire qu'ils pourraient y parler sans crainte d'être repérés par des oreilles indiscrètes. Car l'endroit n'était pas des plus calmes. Une foule aussi bruyante qu'odorante s'y bousculait, au point qu'il fallait pratiquement hurler pour se faire entendre.

Blade repéra une table occupée par deux hommes, dont l'un dormait affalé sur ses bras, tandis que l'autre improvisait à tue-tête une chanson paillarde de sa composition rythmée par les ronflements de son voisin. D'un coup de coude, il envoya le premier continuer sa bruyante sieste à même le sol, et proposa au second d'aller boire ailleurs à sa santé.

La place était idéale, contre le mur, avec vue sur l'entrée. Il observa longuement la salle. Aucun client ne semblait faire particulièrement attention à lui. En revanche, une des tables voisines était occupée par quatre gardes.

Nahoum revint bientôt avec deux pichets et des gobelets.

— Comme t'as pas l'air très porté sur le brizz, je t'ai pris du jus de Kazan. C'est un peu moins fort.

Il s'assit et s'envoya une première et interminable lampée.

— Il n'y a pas grand-chose à dire sur ces labyrinthes, fit-il en s'essuyant la bouche et le cou. Une fois que t'es entré, tu peux t'accrocher pour en voir le bout. Y en a plus d'un qu'a essayé pourtant, pour avoir la peau de ce Bal-Ashi. Parce que c'était pas un tendre ! Y en a aussi qu'auraient bien aimé mettre la main sur une partie de ses richesses. Mais ils y ont tous laissé la peau et les os.

— Mais ton Bal-Ashi, et ceux qui lui ont succédé, ils devaient quand même bien de temps en temps recevoir des visiteurs ?

— Pour les visites, il y a les Guides. Eux ne sortent jamais des labyrinthes. Et, de père en fils, ils s'en transmettent le tracé. Quant aux visiteurs, on leur bande les yeux ! Tout ce qu'ils ont pu dire à leur retour, c'est que les couloirs sont interminables.

— Si personne n'en est revenu, hormis ceux qui n'ont rien vu, comment sait-on même que ces labyrinthes existent réellement ? Ceux qui avaient les yeux bandés, on les a peut-être tout simplement fait marcher, en quelque sorte.

— On le sait parce qu'on le sait ! s'excita Nahoum. C'est comme ça ! Personne non plus n'est revenu de chez les morts, que je sache. Mais tout le monde sait quand même qu'il y a un au-delà et ce qu'on y trouve, non ?

Loin de le contredire, cet argument confirma Blade dans ses doutes. Plus il pensait à ces labyrinthes mythiques, plus Blade était persuadé que sa solution était la bonne. De plus, il y avait ces quatre gardes attablés plus loin. C'était peut-être là une occasion à saisir.

Nahoum avait suivi son regard et deviné ses pensées. À nouveau, il voulut le dissuader de tenter une manœuvre aussi folle.

— Blade, s'il te plaît, laisse donc Enok pourrir au fond de sa forteresse ! Reprenons la lutte ! Il y a des centaines et des milliers de captifs partout, dans les mines, les îles-bagnes et ailleurs, prêts à se révolter et à rejoindre nos rangs !

— Non, Nahoum ! Il y a déjà eu assez de morts ! Si le Dragons sont parqués dans cette forteresse, il faut que j'y aille. Je trouverai peut-être un moyen de tous les détruire en même temps.

— Évidemment, vu sous cet angle, c'est sûr que ça nous aiderait. Mais je n'en démords pas, ça reste quand même une opération suicidaire !

— Il y a autre chose, continua Blade sans tenir compte de sa remarque. Si je tiens à cette confrontation avec Enok, ce n'est pas seulement pour nous venger. Un homme qui a trahi une fois peut trahir à nouveau. Je peux peut-être le persuader de reprendre la lutte, de l'intérieur cette fois. Nous aurions une antenne parmi les Nordiks.

— C'est une bonne idée, je dois dire, approuva Nahoum. Mais si tu tiens tant à le retrouver, à mon avis, c'est aussi parce que tu comptes sur lui pour…

Il ne put terminer sa phrase. Une pagaille monstre se déclencha brusquement, du côté de la table des gardes. Tout le monde se pressait en braillant vers la sortie. Quelques hommes furent renversés et piétinés.

— Faut pas rester là ! cria le chanteur paillard revenu chercher son copain toujours endormi sur le sol. Il va y avoir du grabuge, un garde vient d'être poignardé !

— Il a raison, fit Nahoum. Faut se tirer ! Ça ne va pas tarder à grouiller de gardes par ici. Et si il y a des Dragons dans le coin, on est cuits !

Blade n'était pas de cet avis. C'était peut-être même l'occasion rêvée pour se faire arrêter. La salle commençait à se vider de ses clients. En jouant des coudes, il se fraya un chemin à contre-courant.

Un garde, à terre, baignait dans son sang. Deux autres retenaient un homme, plutôt frêle, caché par une grande cape, qui se débattait comme un forcené. Le quatrième moulinait de son sabre pour repousser une poignée de curieux inconscients.

Lorsqu'il arriva à leur hauteur, Blade vit que le prisonnier n'était pas un homme, mais une femme, et reconnut Gaïle, tenant encore dans sa main un poignard sanglant.

Blade avait maintenant deux bonnes raisons d'intervenir. Sans hésiter une seconde, il sauta sur une table et s'élança sur le garde le plus proche, l'entraînant dans son élan jusque sur ses deux collègues, qui chutèrent à leur tour. Gaïle profita de la confusion pour se libérer.

Blade avait déjà assommé et pris l'épée du malheureux sur lequel il avait sauté. Il se releva aussitôt, prêt à affronter le dernier garde valide, mais les quelques clients qui avaient assisté à la scène s'étaient déjà chargés de lui.

— Blade ! J'ai cru que je ne te retrouverai jamais ! dit Gaïle en se jetant dans ses bras.

— Tu m'avais promis de ne pas le tuer, fit-il.

Derrière eux, les hommes ivres de vengeance et de brizz s'en donnaient à cœur joie avec les gardes.

— C'est pas de ma faute, fit-elle avec une adorable moue. J'ai voulu le frapper au bas-ventre, mais il s'est assis juste à ce moment-là ! C'est Al Kahli qui a décidé à ma place !

— Hé, les amoureux, leur glissa Nahoum venu les rejoindre. Je voudrais pas déranger, mais là, je crois qu'il faut vraiment filer !

Une fois dehors, ils eurent quelque mal à se frayer un chemin à travers la masse des clients et des badauds agglutinés devant la porte.

— C'est elle ! s'exclama un homme. C'est elle qui a…

Gaïle, d'un violent coup de pied dans les testicules, lui coupa le souffle en même temps que la parole.

Un silence presque surréel tomba sur la ruelle encombrée. Les gens les plus proches reculèrent prudemment d'un pas. Dans leurs regards se devinait un mélange de crainte et de respect. Tous avaient compris ce que cet homme, maintenant agenouillé et tentant de retrouver ses esprits, avait voulu dire.

Blade et Gaïle s'apprêtaient à se frayer un passage, de la manière forte si nécessaire, lorsqu'un autre cri retentit du bout de la ruelle, aussitôt suivi d'une nouvelle débandade.

— Les gardes ! Les gardes arrivent !

Tout le monde se mit aussitôt à courir dans tous les sens. L'homme agenouillé, toujours mal en point, voulut se relever, mais Blade, d'un direct de son poing armé, le renvoya dans les limbes et lui mit le sabre du garde dans la main.

— Y a-t-il a une autre issue ? demanda-t-il à Nahoum en lui indiquant la taverne d'où ils venaient.

— Certainement, par les cuisines. Sinon on pourra passer par l'étage.

Ils se précipitèrent à l'intérieur. Quelques inconscients étaient occupés à vider les pichets et les gobelets restés sur les tables, pendant que d'autres s'acharnaient encore sur les trois gardes toujours vivants.

Il y avait bien une autre porte dans la cuisine. Elle donnait sur une cour pavée entourée d'un muret, qu'ils franchirent sans peine.

La voie était libre.

*
* *

— Où est-ce que vous étiez passés ? les rembarra l'avaleur d'épées. Non seulement on commençait à sérieusement s'inquiéter, mais on se demandait si on allait pas devoir faire le spectacle sans vous !

— Il n'est pas question qu'on joue aujourd'hui, fit Nahoum.

— Quoi ? Tu veux annuler ? En quel honneur ? Et avec quoi on va manger ?

— Il n'y a aucune raison de changer quoi que ce soit à vos habitudes, dit Blade venu les rejoindre.

— Mais enfin, protesta Nahoum, il risque d'y avoir dans la foule quelqu'un qui nous reconnaîtra ! Et dans les gens qui nous reconnaîtront il y aura peut-être un autre crétin qui se mettra à le brailler haut et fort !

— Elle, il suffira qu'elle change de vêtements et qu'elle se teigne les cheveux. Quant à toi Nahoum, sans vouloir te vexer, je ne crois pas qu'on t'ait vraiment prêté attention.

— On peut m'expliquer ce qui se passe ? demanda Josh, l'avaleur d'épées.

— Il se passe que cette charmante jeune femme n'est autre que Gaïle, avec qui Blade s'est échappé de l'île-bagne, et qu'elle venait de trucider un garde quand on l'a retrouvée ! lui expliqua Nahoum.

Josh, bouche bée, la regarda d'un autre œil, plus rond et moins brillant.

— Moi, en revanche, reprit Blade, il serait effectivement plus prudent que je…

— Blade, regarde ! le coupa Gaïle. C'est notre Kallaara ! C'est le nôtre !

Un homme traversait la place où la troupe s'était installée, tirant un Kallaara au bout d'une corde.

— Tu en es sûre ?

— Puisque je te le dis ! Je le reconnais ! D'ailleurs, on dirait qu'il nous a reconnus lui aussi.

Effectivement, le Kallaara, la tête tournée vers eux, s'était arrêté, obligeant l'homme à s'arc-bouter sur la corde pour le faire avancer.

— Mais il va lui faire mal ! s'écria Gaïle.

Elle partit en courant vers eux. Blade lui emboîta le pas.

— Dis donc, elle est sacrément bien foutue la Gaïle ! fit Josh en la regardant s'éloigner.

— Oui, ben t'avise pas de faire le mariolle ! le rabroua Nahoum, contrarié. On a assez d'embêtements comme ça, avec en plus ceux qui s'annoncent !

Il aurait été encore bien plus contrarié s'il avait pu deviner que, quelques instants plus tard, Blade lui demanderait de cacher le Kallaara dans sa roulotte !

CHAPITRE XIV

Blade avançait dans une galerie humide et froide du labyrinthe, les yeux bandés et les mains entravées par deux anneaux fixés à une ceinture d'acier. Sept Guides l'accompagnaient, des vieillards voûtés, au teint blafard. « c'est parce qu'ils ne voient jamais le soleil » lui avaient dit les gardes, à l'entrée du labyrinthe.

Depuis un bon moment déjà, il comptait ses pas, enregistrait tous les changements de direction, de déclivité, mémorisait les endroits où il avait senti des courants d'air venant de couloirs annexes.

— Tu n'y arriveras pas, fit un Guide sur sa droite.

— Tu n'es pas le premier à essayer, mais aucun n'y est parvenu, enchaîna un de ceux qui fermaient la marche.

— Vous, les gens du dehors, vous avez une mémoire de fourmi, hi, hi, ricana dans son dos un autre Guide.

Blade n'était pas loin de le penser. Il avait déjà quelque mal à se souvenir de tout. Si cette balade à travers ce dédale de galeries devait encore durer longtemps, il atteindrait certainement les limites de sa mémoire. Alors tout se brouillerait.

Les Guides s'arrêtèrent brusquement. Blade sentit un de ceux qui le précédaient se retourner vers lui.

— Veux-tu faire partie de notre famille ? Nous sommes prêts à t'adopter…

Cette question provoqua le rire des autres, dont l'écho se répercuta longtemps. Ils devaient être dans une grande salle.

Les Guides avaient certainement compris qu'il tentait de mémoriser le tracé du labyrinthe. En lui parlant, ils ne cherchaient en fait qu'à le distraire. Il devait résister, faire le vide dans son esprit, se concentrer entièrement à sa tâche.

— Veux-tu boire un peu ? Tu dois avoir soif.

— Pourquoi ne réponds-tu pas ? De quoi as-tu peur ?

— Nous sommes des vieillards inoffensifs.

— Je dirais même mieux. On est plutôt gentils.

— Notre visiteur doit être épuisé par ses efforts méritoire pour tout retenir. Nous allons nous arrêter un instant, pour nous reposer et faire plus ample connaissance. Est-ce que tout le monde est d'accord ?

— Oui, oui, oui ! Nous sommes d'accord ! firent les six autres en chœur.

— Non, dit Blade. Continuons. Je ne suis pas fatigué.

Il avait été piégé. Sans s'en apercevoir, il avait parlé. Et toutes les données péniblement enregistrées commençaient à se brouiller, à s'effilocher.

Un des Guides s'approcha et lui retira son bandeau.

Ils se trouvaient effectivement dans une vaste salle, octogonale, percée de neuf couloirs. Déjà il ne savait plus par lequel ils étaient arrivés.

L'homme qui se tenait devant lui, squelettique et sans âge, tant son visage était ridé, paraissait porter le monde sur ses vieilles épaules. Seul son sourire, à la fois ironique et compatissant, semblait de ce monde.

Tous portaient de longues robes blanches. Tous avaient le même sourire. Tous avaient un visage vide de toute émotion.

— Tu as compris, fit l'homme qui lui avait retiré son bandeau. Nul ne peut enregistrer le plan de ce labyrinthe.

— Nous sommes les seuls à le connaître.

— On nous a dit que tu venais d'un autre monde ? Comment voyages-tu ?

— Qui t'envoie ?

Blade avait renoncé à sa titanesque tentative de mémorisation. Il se détendit, se massa les poignet, et fit jouer ses articulations ankylosées.

— Je veux bien boire un peu, dit-il.

— Pourquoi as-tu voulu revenir ici ? demanda celui qui se chargea de le faire boire.

Il ne s'était donc pas trompé. On l'avait bien déjà amené à l'intérieur de cette forteresse.

C'était de l'eau, douce et fraîche. Il en but deux gorgées. Quelques gouttes coulèrent dans son cou. Puis le Guide lui retira l'outre de la bouche, la raccrocha à sa ceinture, et s'assit à même le sol, imité par les six autres.

— Je ne sais rien de mon passé, mentit Blade en s'asseyant lui aussi. Ni qui je suis, ni d'où je viens, ni même mon nom ! Je suis venu pour avoir les réponses !

— Tu nous en vois désolés, mon garçon, mais nous ne pourrons t'être d'aucun secours.

— Nous sommes les Guides. Nous ne savons rien de ce qui se trame dehors.

— Nous ne savons que ce qui se passe dedans…

— Nous savons que beaucoup d'hommes mauvais sont passés par ici ces derniers temps, et qu'il repasseront par là…

— Aussi mauvais que l'était Bal-Ashi, qui a fait construire ce labyrinthe…

— Où les pères des pères de nos pères ont été condamnés à errer, jusqu'à la fin des temps.

Porté par cet envoûtant discours polyphonique, Blade se sentait comme hypnotisé.

— Qui servez-vous aujourd'hui ? demanda-t-il, réagissant contre cette fatigue qui le gagnait.

— Nous servons les Dragons…

— Ce sont eux qui règnent sur le pays, qui régneront sur le monde bientôt…

— Et sur tous les mondes dans un futur plus lointain.

— Parlez-moi d'eux. Que savez-vous ?

— Nous savons d'où ils viennent…

— Qui ils sont…

— Mais il ne nous appartient pas de le révéler…

— Nous pouvons seulement te dire qu'ils viennent, comme toi, d'un autre monde !

Blade fut soudain pris de vertiges. Les mots résonnaient dans son cerveau comme le tonnerre sur la montagne. « D'un autre monde ». Qu'avaient-ils voulu dire ? Cette voix intérieure, qui ne l'avait jamais quitté depuis son réveil sur l'île, lui murmurait que là était le nœud de sa quête.

Les deux Guides qui lui faisaient face se penchèrent l'un vers l'autre pour échanger quelques mots à voix basse.

— La discussion est terminée, nous devons repartir, fit un des Guides en se levant. Tu dois remettre ton bandeau.

— Ne t'inquiète pas. Nous te conduirons à l'homme que tu veux rencontrer. Auprès de lui, tu auras les réponses que tu attends.

— Tu trouveras la lumière, parce que tu es différent de tous les hommes que nous avons vu passer ou trépasser.

On lui remit son bandeau et ils quittèrent la salle. Blade aurait été incapable de dire par laquelle des neuf galeries, tant son esprit était embrumé, ses pensées embrouillées. Tandis qu'il luttait contre la torpeur qui lentement le gagnait, les voix des Guides, lointaines, vinrent rythmer leur marche :

— Nous sommes les hommes de l'ombre…

— Nous sommes qui nous sommes…

— Ceux qui sont…

— Nous sommes un…

— Nous connaissons le passé et l'avenir…

— Compter ce qui passe repose sur le mouvement en avant…

— Connaître ce qui vient repose sur le mouvement en arrière…

Sur ce, tandis qu'ils traversaient, lui sembla-t-il, une autre salle, ou peut-être la même, les sept Guides entonnèrent en chœur une joyeuse comptine.

La dernière pensée de Blade fut que ces malheureux vieillards n'avaient plus toute leur raison.

CHAPITRE XV

Sa joue reposait sur une matière dure, froide et lisse. Du carrelage. Jaune, décoré de lignes plus sombres formant un inextricable enchevêtrement géométrique que son regard suivit un instant, avant d'explorer l'endroit où il se trouvait. C'était une grande pièce, au plafond haut, strié de poutres. Les murs étaient de pierres, blancs. Une lourde porte faisait face à trois étroites meurtrières.

Près de lui se trouvait un siège à l'assise de cuir, devant une table basse. Il se leva péniblement et s'y laissa choir. Un gobelet était posé sur la table, à côté d'un plateau rond, gravé des mêmes entrelacs que le carrelage, contenant un morceau de pain et de quelques fruits. Le gobelet et le plateau étaient en argent d'une pureté rare. Blade dégagea le plateau et, l'utilisant comme un miroir, se découvrit un visage défait.

Par les trois meurtrières pénétrait un peu de la lumière du jour, suffisamment pour qu'il se fasse une idée du temps écoulé depuis son entrée dans le labyrinthe. Plus d'une demi-journée. Il avait laissé des instructions à Gaïle. Lorsque le soleil disparaîtrait derrière les murailles, elle devait venir le rejoindre sur leur Kallaara et lâcher les boulets explosifs de Nahoum, qu'ils avaient passé la matinée à confectionner. Si tout se passait bien, ils profiteraient alors de la confusion qui suivrait pour s'enfuir ensemble.

Mais il lui fallait d'abord retrouver Enok. Et il aurait parié que la porte de cette pièce était verrouillée.

Le gobelet contenait une eau limpide et fraîche, à laquelle il préféra ne pas goûter. En revanche, il prit un des fruits et traversa la salle en y mordant à belles dents.

Il n'était plus qu'à trois pas de la porte lorsqu'elle s'ouvrit. Un homme se tenait dans l'encadrement. C'était Enok, ceint d'une longue robe d'un vert vif, éclatant, et brodée de fils d'argent. À plusieurs de ses doigts brillaient d'énormes bagues et autour de son cou pendait un long collier d'argent prolongé par un pendentif serti d'une énorme pierre verte assortie à sa robe.

Blade l'avait immédiatement reconnu, malgré la barbe qu'il n'avait pas dans ses souvenirs. Son comportement aussi avait quelque peu changé. Son visage était agité de nombreux tics aux lèvres et à la paupière gauche, ses mains tremblaient légèrement. Cet homme n'était plus tout à fait l'Enok qu'il avait connu, et dont le souvenir devenait chaque seconde plus précis.

— Décidément, tu me surprendras toujours ! fit Enok tandis que la porte se refermait derrière lui. Je te croyais mort, et voilà que tu me reviens, comme une mauvaise habitude dont on n'arrive pas à se débarrasser.

Blade recula d'un pas et retourna vers le centre de la pièce. Enok n'avait pas bougé.

— Je n'irai pas par quatre chemins, Enok. J'ai risqué ma vie pour venir te voir. Je voulais te parler.

— C'est trop d'honneur ! Vas-y, je t'écoute.

— Tu nous as trahis. Tu as trahi ton peuple, et l'espoir des insoumis. À cause de toi, des centaines d'hommes sont morts, des hommes qui avaient été tes amis. D'autres ont été déportés vers les îles-bagnes, ou dépérissent au fond des mines.

— As-tu autre chose à me dire que je ne sache déjà ? fit Enok en venant le rejoindre. Raconte-moi plutôt comment tu as pu t'échapper de l'île-bagne. Je brûle de savoir aussi par quel miracle tu as pu survivre à ton largage. J'avais pourtant demandé qu'on te lâche d'assez haut pour ne plus jamais entendre parler de toi. Comment t'y es-tu pris ? Tu as apitoyé le Fesse-Jaune par un de ces beaux discours dont tu as le secret, c'est ça ?

Blade décida de ne rien dire de son amnésie. Il allait s'arranger pour qu'Enok lui apprenne à son insu ce qu'il cherchait à savoir.

— Pourquoi ? Pourquoi cette haine ? Pourquoi as-tu trahi ?

— Tu tirais toujours toute la gloire à toi ! s'énerva Enok. Tu savais tout faire mieux que tout le monde ! Tu étais plus fort que le plus fort d'entre nous !

Il s'était mis à vociférer en arpentant la pièce de

long en large, le front luisant de sueur. Ses mains tremblaient plus fortement et ses tics devenaient plus flagrants, plus fréquents.

— Tu te battais comme personne ! Tu savais mieux que personne manier n'importe quelle arme ! Et tu t'es approprié un conflit qui n'étais pas le tien ! De quel droit ? Oui, de quel droit ?

— Je ne comprends pas, s'étonna Blade. Tu veux me faire croire que tu as trahi par simple jalousie ? ou parce que j'aurais blessé ton orgueil ? C'est ça ?

— Tu ne peux pas comprendre, tu es parfait !

— Tu dis n'importe quoi, Enok ! Je ne sais pas ce qu'ils t'ont fait, mais tu n'es plus le même !

À ces mots, Enok sembla quelque peu se calmer.

— Les hommes te respectaient, continua Blade, t'aimaient même. Tu dirigeais la seconde armée. Avec elle tu as remporté de nombreuses victoires...

— Tu parles de victoires ! Un convoi de vivres, quelques embuscades ici et là ! T'appelles ça des victoires, toi ? Alors que toi, tu te réservais les vraies batailles ! Et tu allais bientôt remporter la dernière, celle qui aurait fait de toi le héros du pays !

À nouveau, Enok changea de comportement. Retrouvant son calme, il prit un fruit sur le plateau, s'assit dans le siège de cuir et se mit à manger tranquillement.

— Je ne crois pas un mot de ce que tu viens de dire, fit Blade en venant se planter derrière lui. Peut-être arrives-tu à te leurrer toi-même, mais je sais, moi, que tes motivations étaient toutes autres ! C'était le pouvoir que tu voulais, la richesse ! Et rien d'autre ! Regarde-toi ! Tous ces bijoux, tout ce luxe ! C'est pour ça que tu as trahi.

Enok le surprit encore en éclatant de rire. Puis il se leva pour venir planter son regard dans le sien.

— Peut-être que oui, peut-être que non, fit-il en dodelinant de la tête avec un sourire enfantin. Peut-être est-ce parce que je serai bientôt roi de ce pays ? Ou peut-être est-ce tout simplement parce que j'aime les voyages ? Comme toi d'ailleurs…

Blade en était certain maintenant. Enok n'était plus le même. Pourtant il pouvait encore voir briller au fond de ses yeux une faible lueur, une trace de son glorieux passé, brillant comme de la braise sous la cendre. Blade posa ses deux mains sur ses épaules et plongea au fond de son regard.

— Enok, nous allons reprendre la lutte. Si tu veux rejoindre nos rangs, nous sommes tous prêts à t'accepter, malgré ce que tu as fait. Tout individu doit avoir droit à une seconde chance. Tu nous serais très utile ici, au cœur des forces ennemies.

— C'est une bonne idée, fit Enok en se dégageant. Tu as toujours de bonnes idées. Mais cette fois, c'est trop tard. Ils savent déjà tout. C'est au contraire toi qui vas nous aider à éteindre les derniers foyers de résistance. Ils sauront te faire parler !

Retrouvant son regard de dément, il cracha le noyau de son fruit et en prit un autre sur le plateau d'argent.

Blade comprit qu'il ne pouvait rien attendre de lui. Enok était définitivement perdu pour la cause des insoumis. Mais il savait visiblement des choses et pourrait peut-être lui rendre cette partie de sa mémoire qui lui faisait toujours défaut.

— Qui ça « ils » ? demanda-t-il.

— Les messagers d'Al Kahli ! Ceux qui ont envoyé les Dragons pour ramener l'harmonie dans nos vies misérables et faire régner l'ordre sur notre monde décadent !

À nouveau, Enok se laissait emporter. Ses tics, un instant disparus, étaient revenus torturer son visage luisant de sueur. Le malheureux n'avait visiblement plus tout son jugement. Blade eut pitié de lui. Mais le temps pressait. Il lui fallait rapidement obtenir les renseignements qu'il était venu chercher.

— Les Dragons ne sont pas des hommes, mais des machines. Qui les a construits ?

— Des machines ? Tiens donc ! C'est tout ce que tu as trouvé ? Que cherches-tu à faire en me servant cette histoire à dormir debout ?

— C'est la stricte vérité, Enok ! Pourquoi te mentirais-je ?

— Mais tout simplement parce que c'est toi l'orgueilleux de l'histoire, Richard Blade ! Tu ne supportes pas d'avoir rencontré des êtres invulnérables, plus forts que toi ! Alors tu cherches à les rabaisser !

Enok, immobile, le fixait d'un regard acéré.

— Des machines... C'est vraiment n'importe quoi ! ajouta-t-il, brusquement pris d'une crise de fou rire.

— D'où viennent-ils ? demanda Blade, en le prenant par le col de sa robe.

Enok stoppa net son rire. Il eut comme une absence puis, les yeux écarquillés et le regard en coin vers la porte, il leva son index gauche à hauteur du visage.

— Ils viennent du fond de la cour. Je les entends qui arrivent. Pas toi ? Ils sont là. Tu as perdu, Richard Blade !

La porte s'ouvrit brusquement. Deux Dragons firent irruption dans la pièce, armés de leurs terribles tromblons.

Tout se passa alors très vite. Blade se jeta à terre pour éviter les rayons meurtriers, renversant du même coup la table et le siège. Enok, aussitôt après ce premier tir raté, se précipita sur les Dragons en hurlant :

— Vous ne pouvez pas le tuer ! Il est à moi ! Vous m'aviez promis !

Un second rayon stoppa Enok dans sa course, lui traversant la poitrine avant d'aller creuser un cratère dans le mur derrière lui.

Blade était désarmé. Le Dragon resté devant la porte empêchait toute tentative de sortie. L'autre avançait lentement vers lui. Un nouveau rayon jaillit de l'arme. Blade plongea et parvint à l'éviter. En même temps, il s'empara du plateau d'argent. Il s'apprêtait à le lancer sur la main du Dragon, pour tenter de le désarmer, lorsqu'un troisième rayon illumina la pièce. Instinctivement, Blade se protégea en plaçant le plateau d'argent devant ses yeux. À sa grande surprise, et surtout à celle des Dragons, ce bouclier dérisoire renvoya le rayon mortel, comme un miroir réfléchissant la lumière.

Non seulement il était toujours vivant, mais, par le plus grand des hasards, le rayon qui lui était destiné, avait sectionné à la taille le Dragon resté près de la porte. Tandis que le haut, projeté à l'autre bout de la pièce, se mit à grésiller en vomissant des gerbes d'étincelles et en agitant les bras, le bas, comme pris de folie, avait entamé une danse des plus comiques.

Avant que le second Dragon n'ait eu le temps de réagir, Blade bondit, saisit son poignet, et le retourna violemment. Il y eut un craquement sec, suivi d'un nouvel éclair, et le robot s'écroula en couinant comme un Kallaara en rut.

Une fois de plus il avait échappé à la mort ! Il était vivant, victorieux et de plus il avait maintenant deux tromblons en sa possession. Mais il ne pouvait se laisser aller à savourer cette victoire. Les deux Dragons détruits s'étaient mis à bourdonner. D'une seconde à l'autre, ils allaient exploser, comme l'avait fait celui de la cabane, pour effacer d'un même coup toute trace et tout témoin de leur existence.

Blade s'empara des deux tromblons qu'il glissa dans sa ceinture, se précipita auprès d'Enok et le prit dans ses bras. Le malheureux souffrait terriblement et n'en avait plus pour longtemps. Mais plus encore que sa mort prochaine, c'était la vision de ces corps mécaniques qui le bouleversait.

Une double explosion les projeta à terre dès qu'ils eurent quitté la pièce, faisant voler un nuage de gravats et de poussière à travers le couloir. Fort heureusement, les murs, particulièrement épais, avaient résisté.

Blade posa Enok à terre et s'accroupit près de lui. Son regard était différent, plus serein, plus pur. L'approche de la mort sans doute. Mais Enok semblait aussi avoir été comme « lavé » par la découverte de la vérité. Il posa sa main sur l'avant-bras de Blade et lui sourit.

— Pardonne-moi Blade ! Je m'étais trompé. Une fois de plus, c'est toi qui avais raison…

Une grimace de douleur déforma son visage.

— Mais je veux me racheter, continua-t-il, les yeux fermés. Pour que mes fautes me soient pardonnées, pour que…

Sa respiration se faisait de plus en plus courte. Il eut un hoquet. Un peu de sang coula au coin de sa bouche.

— Pour que le Grand Kallaara m'emmène au royaume de la paix éternelle.

— Les Dragons, Enok, le pressa Blade. D'où viennent-ils ?

Ils n'avaient plus beaucoup de temps. Celui d'Enok était compté, et la double explosion avait dû alerter toute la forteresse.

— D'un autre monde…

Comme lorsque les Guides avaient utilisé ces mots, Blade sentit vibrer le même écho en lui, comme si son corps savait, comme s'il avait la réponse à ses questions, alors que son esprit y restait aveugle.

— Quel monde ? Que veux-tu dire ?

— Les Dragons surgissent du néant, comme toi. La porte… la porte de leur monde est au centre de la cour…

Dans un ultime effort, Enok tendit le bras.

— Par là, il y a un escalier… Va ! Et détruis-les !

Un éclair traversa son regard, sa poitrine se souleva. Et retomba, inerte.

Enok s'en était allé, laissant Blade seul face à son mystère.

*
* *

Le ciel de Londres, particulièrement radieux aujourd'hui, rendait plus sombres encore les pensées que J ne cessaient de tourner et retourner dans son esprit. Sa décision était prise. Si Blade ne devait pas revenir de cette mission, ou à l'état de zombi, comme les premiers des agents envoyés dans les dimensions parallèles, il donnerait sa démission, ce qui, probablement sonnerait le glas du projet DX.

Il observa la trace blanche laissée par un avion dans l'azur, et pensa aux épreuves que devait traverser Blade en ce moment. Il refusait de s'avouer vaincu, comme si, par-delà l'infini des univers inexplorés, sa confiance pouvait l'aider à dominer l'adversité.

La sonnerie de son biper le ramena brusquement à la réalité. Lord Leighton lui demandait de venir le rejoindre dans le laboratoire.

Sous l'œil impassible des deux cerbères de la Special Branch, J se rua à l'intérieur de la Tour, redoutant ce que le savant allait lui annoncer. Mais en lui aussi, il avait la plus grande confiance.

— Alors ? Avez-vous réussi ? demanda-t-il à peine entré dans le labo.

— Théoriquement, oui. J'ai pu rétablir l'intégralité de l'empreinte moléculaire altérée lors du premier rappel. Il ne me reste plus qu'à l'enregistrer, et programmer le retour.

— Eh bien, qu'attendez-vous ? fit J, lui-même surpris par son emportement.

— Mais vous, fit Lord Leighton en souriant. Je ne voulais pas commencer sans vous.

Sur ce le savant se mit à pianoter sur le clavier de son ordinateur, lança l'ordre de rappel, et fit pivoter son fauteuil roulant vers la coque de plastique, au centre de la salle.

— C'est maintenant l'affaire de quelques secondes, fit-il. En principe, cette fois, tout devrait bien se passer !

Une nouvelles attente commençait.

Jamais les secondes ne leur parurent aussi longues.

*

* *

Une meute de Nordiks, emmenés par des gardes, montait à sa rencontre par l'escalier. Blade tira un premier rayon qui produisit l'effet escompté.

Aussitôt, soldats et gardes, découvrant qu'il avait un tromblon, refluèrent dans le plus grand désordre.

Quelques instants plus tard, il arrivait dans la cour principale de la forteresse, sans avoir eu à affronter de Dragons. Là, il comprit la raison de cette absence. Une centaine de Dragons formaient un cordon continu autour d'un bâtiment occupant le centre de l'esplanade. Sûrement celui dont avait parlé Enok avant de mourir, et que les Dragons voulaient ainsi protéger.

Des gardes étaient postés dans les galeries surplombant la cour et sur les toits des autres bâtiments.

Il se demandait comment traverser cet espace découvert, sans se faire tailler en pièces par les tromblons des uns et les flèches des autres, lorsqu'une première salve de rayons l'obligea à se jeter derrière un pilier. Il ne pouvait rester là, à attendre qu'ils épuisent l'énergie de leurs tromblons, où qu'ils se décident à lancer un assaut. Le pilier, bien que très gros, ne tarderait pas à s'écrouler. Déjà, les rayons avaient largement entamé la pierre.

Blade retint son souffle et plongea vers le pilier voisin. Il atterrit sur les mains, effectua un saut périlleux, un nouveau plongeon. Les éclairs bleutés creusèrent le sol à quelques centimètres derrière lui. Il avait réussi. Une nouvelle salve vint buter contre la pierre dont un éclat lui érafla la joue. Sans attendre il plongea à nouveau vers le pilier suivant. Mais cette fois, en un simple roulade qu'il effectua en tirant sans discontinuer de ses deux tromblons.

Un de ses coups fit mouche. Le Dragon touché avait perdu sa tête. Il se mit à tourner sur lui-même, s'effondra de tout son long, et fut pris d'une série de convulsions avant d'exploser.

Alors Blade assista à un spectacle qui le laissa pantois. L'explosion détruisit les deux Dragons voisins, qui eux-mêmes ne tardèrent pas à exploser à leur tour… La mort courait à travers le cordon de robots, comme le feu le long d'une liane à brizz. Un bruit terrible, plus assourdissant que le grondement de dix volcans en furie. accompagnait ce déluge de lumière, tandis qu'un épais nuage de poussière envahissait la cour…

Les Dragons s'étaient détruits les uns les autres, par cela même qui était censé protéger le secret de leur existence.

Profitant du rideau de poussière et les sens en alerte, Blade courut jusqu'au bâtiment central. Il doutait qu'il y eut encore des gardes ou des soldats en poste sur les toits après une explosion d'une telle ampleur, mais deux précautions valaient mieux qu'aucune.

Des morceaux de Dragons jonchaient le sol de la cour. Des bras, des têtes, des pieds, des bouts de ferraille et des enchevêtrements de fils, mais pas une seule goutte de sang. Un spectacle à la fois étrange et rassurant. Blade ne serait certainement pas senti aussi calme s'il s'était agi de vrais cadavres.

L'édifice avait pas mal souffert de la série d'explosions, mais la lourde porte était toujours debout et verrouillée.

Blade tira de ses deux tromblons, sans discontinuer, sur la serrure qui finit par céder.

Se demandant ce qu'il allait trouver à l'intérieur, il ouvrit d'un coup de pied, et entra.

CHAPITRE XVI

Au-delà de la porte, il y avait un sas, fermé par une lourde tenture de velours rouge. Blade rangea un des tromblons dans sa ceinture, assura l'autre dans sa main, et écarta lentement le rideau.

L'intérieur, d'un seul tenant, était désert et baignait dans une lumière bleutée tombant d'étranges soleils accrochés au plafond. Partout des boîtes de fer, reliées par des fils et constellées de points lumineux, faisaient de drôles de bruits. Un des murs était entièrement couvert d'objets tout aussi étranges et brillants, de métal et de verre, émettant eux aussi de la lumière de couleur. Plusieurs de ces objets étaient couverts de lucarnes bleues sur lesquelles des formes et des signes défilaient tout seuls, comme par magie.

Après le tumulte et le désordre qui régnaient à l'extérieur, dans la cour, le silence de cet endroit extraordinaire avait quelque chose de surnaturel. À nouveau Blade sentit un vertige l'envahir. Rien de ce qu'il voyait là ne ressemblait à ce qu'il avait pu voir jusqu'ici, et pourtant tout cela lui paraissait familier. Il avait déjà vu des machines semblables à celles-là, il connaissait cette lumière. Où ? Quand ? Ce ne pouvait être ici. En Angleterre alors, d'où il était censé venir ? Pourtant ces machines, tout comme les Dragons, témoignaient d'une science d'un autre temps. Se pouvait-il qu'il vienne du futur, qu'il ait voyagé à travers le temps ?

Plus il tentait de saisir, d'entrevoir la vérité, et plus elle s'éloignait de lui, comme un arc-en-ciel fuyant devant celui qui voudrait le saisir.

Au centre de la pièce, il y avait un objet plus mystérieux encore. Un grand cocon blanc et lisse, fait d'une matière qui, elle aussi, lui était à la fois inconnue et familière.

Blade s'en approcha prudemment. Il ne s'en trouvait plus qu'à seulement deux longueurs, lorsque plusieurs appareils semblèrent prendre vie autour de lui. La salle s'emplit de bruits menaçants, de cliquetis et de bourdonnements, tandis qu'un éclair éblouissant jaillit de la coque blanche.

Blade se protégea le visage et recula d'un pas.

Lorsqu'il regarda à nouveau, un Dragon était apparu dans la coque. Blade se souvint alors des paroles d'Ashren, l'insoumis de l'île-bagne : « *Tu es apparu comme par enchantement, comme si tu étais sorti de la terre, ou qu'Al Kahli lui-même t'avait fait surgir de son ventre ! Comme si tu venais du néant !* ». Enok aussi avait utilisé ce mot : « *Les Dragons surgissent du néant, comme toi* ».

Le Dragon sauta au bas de son cocon et se rua sur lui avant qu'il n'ait pu sortir son tromblon. Blade l'esquiva en s'effaçant, et lui assena un puissant direct dans les reins. Sous la violence du choc, un homme ordinaire serait tombé sur ses genoux. Mais les Dragons n'étaient pas humains. Celui-là se retourna aussitôt et lui saisit le poignet. La pression était si forte que Blade ne put s'empêcher de hurler de douleur. En même temps, il parvint, de la main gauche, à sortir l'autre tromblon de sa ceinture.

Le rayon bleu sectionna le bras du Dragon à hauteur du coude. Aussitôt la main relâcha son étreinte et le moignon tomba sur le sol.

D'un geste vif comme l'éclair, le Dragon, que la perte de son membre n'avait aucunement affecté, lui retira le tromblon de la main. Blade avait l'autre arme, toujours dans sa ceinture, mais il savait qu'il n'aurait pas le temps de s'en servir. Le Dragon allait tirer. Cette fois il n'avait aucun miroir sous la main qui pourrait le tirer d'affaire…

Au moment où le rayon allait jaillir de l'arme, Blade eut une image devant les yeux, celle d'une salle comme celle-ci, plus petite, mais tapissée des mêmes machines, avec une coque au centre, semblable à celle-ci.

C'était de là qu'il venait !

La vibration aiguë d'un éclair bleuté déchira le silence.

Blade était toujours debout. Et vivant.

Le Dragon, lui, avait un énorme trou à la place de la poitrine.

Gaïle se tenait à l'entrée de la salle, devant la tenture rouge, un tromblon à la main.

Il marcha lentement jusqu'à elle et, d'un ardent

baiser passionné, lui transmis un peu de la vie qu'elle venait de lui offrir.

— Il ne faut pas rester là, fit-elle en se dégageant malgré elle de son étreinte. Sinon, je ne sais pas qui explosera le premier, lui ou moi !

Lorsqu'ils émergèrent dans la cour, Blade découvrit Nahoum et une centaine de ses hommes, plus autant de Fesses-Jaunes, qui avaient rejoint les insoumis avec leurs Kallaaras.

Tous brandirent leurs armes en poussant un immense cri de joie qui couvrit l'explosion du dernier Dragon.

Le cri d'un peuple ayant retrouvé sa liberté et sa dignité.

*

* *

Les mains crispées lacérant la toile du drap, Gaïle poussa un hurlement de fauve victorieux. En longs jaillissements, vifs et brûlants, la semence de Blade s'écoulait en elle, la poussant chaque fois plus loin, au delà d'une jouissance devenue insupportable. Puis elle retomba, comblée, radieuse, haletante, le corps brillant de sueur tandis que Blade, par de lents et tendres mouvements accompagnant son retour, la reposa délicatement au creux de ses bras.

Ils restèrent ainsi, emmêlés et silencieux, échangeant du bouts des lèvres et des doigts de délicates caresses.

— À quoi penses-tu ? demanda Gaïle.

Bon nombre des femmes qu'il avait tenues dans ses bras lui avaient posé cette question. Sans doute pour prolonger l'union physique des corps par la fusion des esprits. Il se souvenait aussi de cet embarras, passager, qu'elle provoquait presque toujours.

— À Enok. Je crois qu'il aurait été content de...

— On vient de vivre des moments extraordinaires, le coupa Gaïle, et tu as failli mourir je ne sais combien de fois ! Tu n'as plutôt envie de profiter du présent ? fit-elle en revenant se coller contre lui.

Il se tourna vers elle et laissa une de ses mains s'égarer le long de sa hanche. Mais son esprit était toujours ailleurs, dans ce monde d'où il savait venir, mais il ignorait par quel chemin il le retrouverait.

— Tu partiras, c'est cela ? fit Gaïle, assez fine pour avoir pris ses pensées en marche.

Elle détourna son regard, pour lui cacher le nuage gris qu'elle devinait à l'horizon.

— Oui, il le faut. Je dois partir à la recherche de mes racines, de ce royaume d'Angleterre d'où je suis viens. Quand je l'aurai trouvé, je reviendrai. Je te le promets !

— Emmène-moi avec toi, l'implora-t-elle en souriant.

Il y avait dans sa voix des accents ludiques, pour masquer pudiquement ceux du chagrin.

Blade préféra laisser la question en suspens. Quand le temps viendrait de cette nouvelle quête, il partirait sans doute seul. Parce qu'il est des chemins qu'un homme doit parcourir dans le silence et la solitude. Mais pour l'instant, il voulait éviter de la peiner, de gâcher le plaisir des minutes passées et à venir.

— Et puis, même si je dois finir mes jours ici, je ne m'en plaindrais pas. Il est des façons plus désagréables de traverser la vie, lui glissa-t-il au creux de l'oreille tandis que sa main partait explorer un autre royaume, bien réel celui-là, et des plus accueillants.

Gaïle ferma les yeux. Un sourire revint éclairer son visage d'où toute trace de mélancolie, vraie ou facétieuse, avait définitivement disparu.

— J'en connais plus d'un qui aimerait bien être à ma place, dit-il en découvrant les profondeurs encore humides de ces régions volcaniques. Je suis sûr que tu sauras me faire oublier toutes ces choses dont je ne me souviens plus…

Son sourire se fit grimaçant d'impatience quand elle sentit le sexe de Blade venir ramper contre sa cuisse. Des forces montées des profondeurs comme de la roche en fusion, la firent se cambrer. Tendue comme un arc, les bras repliés au dessus de ses boucles brunes, elle s'offrait à lui, l'appelait de ses soupirs et de ses gémissements.

Au moment où Blade s'immisçait au creux de son intimité, il sentit son propre corps frémir comme un liquide en ébullition. Le long de ses muscles, à l'intérieur de ses veines, des ondes couraient, qu'il savait étrangères à son plaisir.

Gaïle, les sens exacerbés par l'excitation, remarqua ce léger frémissement et le trouble qui avait suivi. Le croyant perturbé par un brusque retour de ses soucis, elle plongea son regard enflammé dans le sien, se mit à onduler langoureusement des hanches, et lui enserra la taille pour l'attirer en elle d'une légère pression sur les reins.

Lui, interdit, décontenancé, n'avait plus vraiment tout son cœur à l'ouvrage. Il sentait son corps perdre de sa masse. Un phénomène déroutant gagnait progressivement son organisme, comme si la matière même de son être s'évaporait.

Gaïle avait elle aussi perçu cette transformation, qui la fit brutalement descendre de son nuage rose vif. Elle ne comprenait pas. Blade était sur elle, pesant de tout son poids, et pourtant elle ne sentait presque rien. Il lui paraissait à peine plus lourd qu'une couverture de lin.

— Que se passe-t-il ? Qu'est-ce qui t'arrive ? demanda-t-elle effarée, en le voyant grimacer de douleur.

Quelqu'un, ou quelque chose, avait pris possession de son corps. La sensation se transformait, évoluait et virait au cauchemar. La douleur lui fit serrer les mâchoires, fermer les yeux. Il aurait pu se croire écartelé, déchiré, s'il ne se savait encore allongé sur ce lit, aux côtés de Gaïle. Sa tête semblait sur le point d'éclater, ses articulations le faisaient atrocement souffrir, et des torrents de lave jaillissaient par tous ses pores distendus.

— Je... ne comprends pas ! dit-il faiblement. Mais ça va... Ne t'inquiète pas...

Sa peau avait perdu ses couleurs et par endroits

devenait transparente. Gaïle s'écarta en hurlant et sauta au bas du lit.

— Ce n'est pas possible, ça ne peut pas exister ! Toi non plus tu n'es pas humain ! s'exclama-t-elle en larmes, les mains devant la bouche pour étouffer sa frayeur. Qui es-tu vraiment ? Un démon ? Un revenant ? Réponds-moi, Richard Blade, je t'en prie, dis-moi la vérité ! Tu es un inspiré ? Un envoyé d'Al Kahli ?

Il voulait la rassurer, lui dire qu'elle se trompait, qu'il n'était qu'un homme. Il voulait tendre la main pour prendre la sienne. Mais il n'avait plus de force, ne maîtrisait plus son corps qui, inexorablement, quittait le monde. Était-ce cela la mort ? On la disait nimbée d'une lumière éblouissante, mais il ne voyait rien, si ce n'était un nuage gris, un brouillard épais qui envahissait la chambre, effaçant les reliefs et noyant les couleurs. Gaïle elle-même n'était plus qu'une vague silhouette perdue dans le lointain.

Dans un silence si dense, si lourd, qu'il se crut devenu sourd, un bruit sec, comme le claquement de la foudre, fit vibrer tous ses os. Une vague de grésillements suivit, qui lui rappela l'agonie des Dragons. Puis, brusquement, le monde cessa d'exister.

La réalité s'était tout simplement évanouie.

À sa place s'étendait, à l'infini, le néant obscur et vide.

CHAPITRE XVII

Il avait traversé des espaces infinis, assisté à des prodiges merveilleux. Il avait contemplé des jaillissements d'étoiles, vu des fleuves de lumière traverser le vide pour le parer de mille couleurs éclatantes et rares. Il avait ressenti, dans ce corps qu'il n'avait plus, des courants d'énergie limpide, originelle, remontés de la nuit des temps.

Pendant ce qui lui parut une éternité, la beauté démesurée de ces instants sans futur lui avait fait oublier l'inquiétude, l'appréhension, l'angoisse qu'aurait pu engendrer la vision de l'inconnu absolu.

Puis la douleur était venue, qui l'avait chassé loin de l'extase entrevue. Une douleur tranchante, insupportable et permanente. Mais en même temps que cette cruelle souffrance, il en avait ressenti l'autre face, un bien-être extrême, proche de la sérénité. Quand il s'était souvenu.

Il avait déjà éprouvé de telles sensations et la même souffrance. Qu'il avait déjà voyagé dans ces immensités vides, désertes et sans limites. Des centaines de fois.

Alors, il comprit qu'il n'était pas mort, qu'il

n'était pas en route vers le royaume de la nuit éternelle, comme il l'avait cru, mais vers son passé, vers la fin de ses tourments, de son interminable quête et de toutes ses attentes insatisfaites.

*
* *

Il surgit, épuisé et moulu, en un lieu étonnant, qui lui rappelait étrangement la grande salle de la forteresse. Là aussi, il n'y avait aucune fenêtre, et des tas d'appareils semblables, reliés par des fils courant sur le sol, encombraient les murs. Dans l'air flottaient des relents d'une odeur nauséabonde, qui le ramena par la pensée dans cette clairière où il s'était éveillé quelques jours plus tôt. C'était cette odeur que lui avait rappelé celle des trois prisonniers.

Au-dessus de lui, accrochés au plafond, des tubes lumineux diffusaient une clarté blanche, plus forte que celle de cent torches. Il était allongé dans un cocon, épousant parfaitement les formes de son corps, semblable à celui dans lequel était apparu le Dragon. Se pouvait-il qu'il fut arrivé dans le monde d'où venaient ces robots ?

Il avait une impression de déjà vu, la certitude qu'il n'était pas en danger, qu'ici rien ne pouvait le menacer. Pourtant, lorsqu'il entendit un bourdonnement derrière lui, il bondit hors de son cocon et fit volte-face prêt au combat, les deux bras repliés devant son visage, les doigts crispés.

Deux hommes le regardaient d'un air abasourdi. Ils semblaient à la fois heureux et inquiets. L'un se tenait debout et portait d'étranges habits sombres. L'autre, vêtu d'une grande robe blanche, était assis sur un siège à roues qui avançait tout seul. Le bourdonnement qu'il avait entendu venait de cet étrange engin.

— Remettez donc votre pagne, au lieu de rester bêtement planté là ! dit l'homme assis dans son siège mouvant. Le spectacle de votre nudité ne m'a jamais été spécialement agréable. Ensuite je vous ausculterai. Je crains que ce voyage n'ait laissé quelques séquelles. Si c'est le cas, nous devrons vous mettre en surveillance pendant deux ou trois jours.

Pourquoi cet homme restait-il assis dans son fauteuil ? Il y avait comme de la colère dans sa voix et de l'hostilité dans son regard. De quel voyage parlait-il ? Que signifiaient ces paroles dont le sens lui échappait ?

— Vous avez l'air bizarre, Blade. Vous ne vous sentez pas bien ? demanda l'autre homme en venant vers lui. Nous avons eu un léger problème ici. Est-ce que tout s'est bien passé pour vous ?

Celui-là connaissait son nom et se comportait visiblement comme un ami. Les sourcils froncés il lissait ses moustaches et dans son regard l'inquiétude avait pris le pas sur la satisfaction. Blade se tourna vers lui.

— Qui êtes-vous ? dit-il, toujours sur ses gardes. Quel est cet endroit ? Qui m'a amené là ?

Les deux hommes, troublés, échangèrent un regard anxieux. Blade savait qu'il trouverait ici la clé de tous les mystères qui l'avaient jusque là tourmenté. Il voulut poser d'autres questions mais un vertige le prit. Le décor se mit à tourner en ondulant, et disparut comme quelques instants plus tôt avaient disparu Gaïle et la chambre.

*
* *

Lorsqu'il ouvrit les yeux, Blade découvrit le décor familier du laboratoire. J était penché au dessus de lui. Lord Leighton lui prenait le pouls.

— Que se passe-t-il ? fit-il en couvrant sa nudité du pagne sur lequel il était apparu. Vous paraissez inquiets. Il y a un problème ? Quelque chose ne va pas ?

— Vous nous reconnaissez ? s'étonna J, avec dans la voix des accents d'une émotion inhabituelle. Savez-vous où vous êtes ? Comment vous sentez-vous ?

— Le pouls est normal. Physiquement tout est en ordre, intervint Lord Leigthon, visiblement soulagé, comme s'il avait craint quelques complications dans le déroulement du processus de retour.

— Bien sûr ! Pourquoi toutes ces questions ? J'ai la tête qui tourne un peu, mais tout va bien.

— Vous ne vous souvenez donc pas ? insista J toujours aussi d'une voix des plus chaleureuses. À votre retour, il y a quelques minutes, avant de perdre connaissance, vous étiez bizarre, vous sembliez ne pas nous reconnaître, ni savoir où vous étiez…

— Parlez-nous de votre voyage. S'est-il passé quelque chose d'anormal ? fit Lord Leighton, faisant lui aussi preuve d'une surprenante prévenance.

Il les regarda tour à tour, si bizarrement qu'ils le crurent à nouveau atteint d'amnésie. Dans le silence qui prit possession du laboratoire le bourdonnement des machines semblait démesuré.

Alors, brusquement, Blade se souvint. De tout. De son apparition dans ce monde étranger qu'il avait cru être le sien, de son interminable recherche d'une mémoire fuyante, insaisissable, de Gaïle et des Dragons, du dernier combat et de son arrivée dans le laboratoire, qu'il n'avait pas immédiatement reconnu, des visages médusés du savant et de J.

Il éclata de rire et sauta hors de son cocon.

— Si vous saviez, je n'ai jamais été aussi heureux de vous retrouver ! fit-il encore hilare.

— Il m'inquiète, dit Lord Leighton à J. Un examen sérieux me semble s'imposer.

J, quant à lui, se sentait plutôt rassuré et prêt à partager l'euphorie de son agent préféré. Mais son flegme très british ne lui autorisa qu'un léger sourire.

— Mais non, lord Leighton, je ne me suis jamais aussi bien porté, le rassura Blade. Un peu usé par un voyage inhabituel, mais en pleine forme. Je m'habille, et je vous raconte.

— C'est cela, fit Lord Leighton, allez donc vous rhabiller.

Quelques instants plus tard, tout en nouant sa cravate, il entamait la relation de son séjour, un des plus insolites depuis ses premières participation au projet DX.

— Pour les détails, tout sera dans mon rapport, conclut-il après avoir tracé les grandes lignes de ses récentes aventures.

— Eh bien, d'une certaine façon, je crois que vous l'avez échappé belle, dit J. Vous auriez pu ne jamais retrouver la mémoire. J'avoue avoir été très inquiet lorsque vous nous avez regardés comme des étrangers, tout à l'heure.

— Je dois vous expliquer ce qui s'est passé, intervint Lord Leighton.

Malgré l'assurance dont voulait faire preuve le savant, Blade le devina légèrement mal à l'aise. Lord Leighton fit pivoter son fauteuil et s'écarta légèrement pour lui faire face comme un professeur s'adressant à un élève.

— J'avais pour ce voyage, mis au point une série de calculs qui devaient me permettre de vous renvoyer dans le même monde, vous vous en souvenez, n'est-ce pas ?

— Je me doutais bien, intervint Blade, que ces innovations risquaient de poser quelques problèmes.

— S'il vous plaît, je vous demanderai de m'épargner vos commentaires ! Je ne vois pas comment le projet DX pourra progresser sans ces... innovations comme vous dites. Nous ne sommes pas une agence de voyages, que je sache ! Bien. Donc une heure environ après votre départ, j'ai programmé votre retour. C'est à ce moment-là que l'incident s'est produit. Je sais maintenant à quel niveau de ma chaîne d'équations. Bref, pour vous cela a dû correspondre au moment où vous avez été lâché au dessus de cette clairière, dans l'île.

Lord Leighton s'arrêta un instant et déplaça son fauteuil dans l'espace libre entre le vestiaire et la coque de translation. Un peu comme pour faire les cent pas, si ses jambes avaient fonctionné.

— J'ai bien vu que quelque chose d'anormal s'était produit, reprit-il, et j'ai aussitôt inversé le processus de rappel pour vous renvoyer là bas. Ce qui vous a évité d'être perdu entre deux dimensions, celle d'où vous veniez d'être retiré et la nôtre. En fait, vous n'avez été absent de votre monde d'accueil que quelques secondes. Vous me suivez ?

— Ce serait donc à cause de cet... incident comme vous dites, fit Blade quelque peu ironique, que j'ai tout oublié de ce qui avait précédé ce retour avorté. C'est cela ?

— C'est possible, voire même probable. Cette brève interruption de votre séjour peut effectivement avoir altéré certaines de vos fonctions psychiques, peut-être aussi de votre métabolisme, confirma Lord Leighton.

— Et le second retour, celui qui a fonctionné normalement, combien de temps après le premier est-il intervenu ?

— Pas plus de quelques minutes, répondit J. Le temps pour Lord Leighton de trouver son erreur et de reprogrammer le transfert.

Tout s'expliquait, tout devenait parfaitement limpide. Blade avait en un premier temps été absent du laboratoire pendant un peu plus d'une heure. Ce qui correspondait à la première partie de son séjour. Pour lui, elle avait duré près d'un mois. Quand à la semaine qu'avait duré la seconde période de son séjour, elle correspondait aux quelques minutes dont avait eu besoin Lord Leighton pour effectuer ses corrections.

Tout était d'une simplicité, d'une banalité presque comique, en regard de tous les tourments que cette fausse manœuvre avait entraînés.

— Je vous ferai aussi remarquer, continua Lord Leighton d'un air entendu, que par un hasard des plus heureux ce fâcheux incident vous a sauvé la vie. Sans votre courte absence vous seriez mort, comme vous l'avez dit vous-même, à cause de cette chute au dessus de l'île. Il y a d'ailleurs là un paradoxe qui me paraît riche d'enseignements. Voyez-vous, votre faux départ a eu lieu pendant la chute, et vous vous êtes reconstitué plus bas ! C'est à dire dans le même mouvement. En fait vous n'avez disparu que de la quatrième dimension, alors que dans l'espace, à la fois matériellement et virtuellement, vous étiez toujours présent !

Le mathématicien continuait son exposé, mais Blade ne l'écoutait plus. Un autre des mystères qui l'avaient tant intrigué venait à son tour de trouver une explication. Les Pouwhs ! Lorsque Blade avait repris connaissance au pied de l'arbre, il saignait. De la tempe et de diverses plaies aux jambes.

Pourtant les Pouwhs ne s'étaient pas attaqués à lui. Il avait d'abord expliqué cette anomalie par la nature de son sang qui aurait pu être différente. Mais par la suite, lorsqu'il avait été crucifié contre la falaise, dans le village de Krlof, ces petits vampires s'étaient montrés des plus menaçants. Comme l'avait dit Lord Leighton, son métabolisme avait sans doute été temporairement affecté. C'était donc bien la nature de son sang qui était en cause.

— Bien, fit J. Puisque tout finalement est rentré dans l'ordre, je vous conseillerai, Richard, de prendre un peu de repos. Nous nous reverrons demain, pour la remise de votre rapport.

J attendit ensuite que Lord Leighton, qui était retourné à son ordinateur, fut assez éloigné pour poursuivre, un ton plus bas :

— Et je vous serai reconnaissant de ne pas trop insister sur les désagréments provoqués par les dernières modifications de notre ami. Vous voyez ce que je veux dire ? Inutile de donner à nos adversaires de nouvelles armes. Ils seraient trop heureux de les utiliser pour mettre fin au projet DX. Et ce n'est pas ce que nous voulons, n'est-ce pas ?

Blade sourit et soudain se figea, bouche bée.

— Que se passe-t-il ? s'inquiéta J, craignant une nouvelle complication imprévue.

— Pas demain, dit Blade. Après-demain.

Il venait de remarquer l'heure sur la pendule murale, au dessus de la porte du laboratoire. Elle indiquait douze heures quarante-trois.

— Je vous demande pardon ?

— Le rapport. Si vous n'y voyez pas d'objections, je préférerais vous le remettre après-demain.

— Je vois, fit J avec un sourire complice. Ce report aurait-il quelque chose à voir avec l'Inland de Wentworth ?

En se dépêchant Blade pouvait y être avant treize heures trente. Avec un peu de chance Janet Klingsman, la belle avocate, y serait encore.

— Soyez prudent ! lança J tandis qu'il filait.

*

* *

Blade arriva plus tard que prévu. Un accident, à la sortie d'un petit village, à quelques miles seulement, l'avait bêtement immobilisé pendant plus de vingt minutes. Il était treize heures cinquante lorsqu'il rangea sa Rover à l'arrière du *clubhouse*. Il y avait là une dizaine d'autres voitures, dont une Honda rouge vif qu'il avait remarquée en partant ce matin. Sans doute la voiture de la jeune avocate.

Il contourna en courant le bâtiment, traversa l'esplanade de gravier et gravit d'un seul saut les cinq marches du perron.

Elle était là, à la table qu'ils avaient occupée quelques heures plus tôt avec l'infortuné Ronald Crichton, plongée dans la lecture du *Times*.

Il rectifia sa tenue, sa coiffure, et s'assit à ses côtés.

Elle baissa son journal. Pendant une fraction de

seconde elle laissa échapper une lueur de satisfaction, puis arbora une moue contrariée.

— Je vous avais donné jusqu'à quatorze heures, fit-elle en tournant une page de son journal. Ensuite je serais partie. J'étais persuadée que vous aviez oublié votre promesse !

— Moi, oublier ? Mais je n'oublie jamais rien, dit-il en lui retirant le journal des mains.

— Où voulez-vous déjeuner ? demanda-t-il en se levant. Chez vous ou chez moi ?

Son sourire lui rappela un instant celui de Gaïle. Il se demanda dans quelles affres son soudain départ avait dû la plonger, ce que serait sa vie.

Puis il la chassa de son esprit. Comme l'avait dit Rashir, les souvenirs, c'est pire que la gangrène. Le projet DX lui avait déjà fait vivre plus d'une centaines de vies. Aucun homme, même lui, n'aurait pu garder autant d'images, de sentiments, d'empreintes du passé sans voir une partie de son âme se perdre à tout jamais.

Alors, depuis longtemps déjà, il avait décidé, une fois ses rapports écrits, de tout oublier, pour ne vivre que dans un seul monde, le sien.

— Je préférerais, dit Janet en lui prenant le bras, que nous allions prendre un brunch dans le coin, et ce soir je vous invite chez moi. Qu'en dites-vous ?

— J'en dis que nous allons vivre des moments inoubliables ! dit-il en poussant la porte du *club-house*.

Achevé d'imprimer en février 1997
sur les presses de l'Imprimerie Bussière
à Saint-Amand (Cher)

VAUVENARGUES - 12, avenue d'Italie - 75627 Paris Cedex 13
Tél. : 01-44-16-05-00

— N° d'imp. 362. —
Dépôt légal : mars 1997
Imprimé en France